漢學研究叢書・文史新視界叢刊

在情志之外

——六朝詩的多元面向

Beyond Emotion and Ambition

—— The Multiple Aspects of Poems in the Six Dynasties

朱錦雄　著

By Chu Chin Hsiung

如蝶振翼
——《文史新視界叢刊》總序一

　　近年赴中國大陸學術界闖蕩的臺灣文科博士日益增多，這當中主要包括兩類人才。一類是在臺灣學界本就聲名卓著、學術影響鉅大的資深學者，他們被大陸名校高薪禮聘去任教，繼續傳揚他們的學術。另一類則是剛拿到博士文憑，企盼進入學術職場，大展長才，無奈生不逢時，在高校發展面臨瓶頸，人力資源飽和的情況下，雖學得一身的文武藝，卻不知貨與何家、貨向何處！他們多數只能當個流浪教授，奔波各校兼課，猶如衝州撞府的江湖詩人；有的則委身屈就研究助理，以此謀食糊口，跡近沈淪下僚的風塵俗吏。然而年復一年，何時了得？於心志之消磨，術業之荒廢，莫此為甚！劉芝慶與邱偉雲不甘於此，於是毅然遠走大陸，分別在湖北經濟學院和山東大學闖出他們的藍海坦途。如劉、邱二君者，尚所在多有，似有逐漸蔚為風潮的趨勢，日益引發文教界的關注。

　　然而無論資深或新進學者西進大陸任教，他們的選擇與際遇，整體說來雖是臺灣學術界的損失，但這種學術人才的流動，卻很難用一般經濟或商業的法則來衡量得失。因為其所牽動的不僅是人才的輸入輸出、知識產值的出超入超、學術板塊的挪移轉動，更重要的意義是藉由人才的移動，所帶來學術思想的刺激與影響。晚清名儒王闓運應邀至四川尊經書院講學，帶動蜀學興起，因而有所謂「湘學入蜀」的佳話。至於一九四九年後大陸遷臺學者，對戰後臺灣學術的形塑，其影響之深遠鉅大，今日仍在持續作用。當然用此二例比方現今學人赴

大陸學界發展，或有誇大之嫌。然而學術的刺激與影響固然肇因於知識觀念的傳播，但這一切不就常發生於因人才的移動而展開的學者間之互動的基礎上？由此產生的學術創新和知識研發，以及伴隨而來在文化社會等現實層面上的實質效益，更是難以預期和估算的。

劉芝慶和邱偉雲去大陸任教後，接觸了許多同輩的年輕世代學者，這些學人大體上就屬於剛取得博士資格，擔任博士後或講師；或者早幾年畢業，已升上副教授的這個群體。以實際的年齡來說，大約是在三十五歲至四十五歲之間的青壯世代學人。此輩學人皆是在這十來年間成長茁壯起來的，這正是中國大陸經濟起飛，國力日益壯大，因而有能力投入大量科研經費的黃金年代。他們有幸在這相對優越的環境下深造，自然對他們學問的養成，帶來許多正面助益。因而無論是視野的開闊、資料的使用、方法的講求、論題的選取，甚至整體的研究水平，都到了令人不敢不正視的地步。但受限於資歷與其他種種現實因素，他們的學術成果的能見度，畢竟還是不如資深有名望的學者，這使得學界，特別是臺灣學界，對他們的論著相對陌生。於其而言，固然是遺憾；而就整體人文學界來說，無法全面去正視和有效地利用這些新世代的研究成果，這對學術的持續前進發展，更是造成不利的影響。

因而當劉芝慶和邱偉雲跟我提及，是否有可能在臺灣系統地出版這輩學人的著作，我深感這是刻不容緩且意義重大之舉。於是便將此構想和萬卷樓圖書公司的梁錦興總經理與張晏瑞副總編輯商議，獲得他們的大力支持，更決定將範圍擴大至臺灣、香港與澳門，計畫編輯一套包含兩岸四地人文領域青壯輩學者的系列叢書，幾經研議，最後正式定名為《文史新視界叢刊》。關於叢刊的名稱、收書範圍、標準等問題，劉、邱二人所撰的〈總序二〉已有交代，讀者可以參看，茲不重覆。但關於叢刊得名之由，此處可再稍做補充。

　　其實在劉、邱二君的原始構想中，是取用「新世界」之名的，我將其改為同音的「新視界」。二者雖不具備聲義同源的語言學關係，但還是可以尋覓出某種意義上的關聯。蓋因視界就是看待世界的方式，用某種視界來觀看，就會看到與此視界相應或符合此視界的景物。採用不同以往的觀看方式，往往就能看到前人看不到的嶄新世界。從這個意義來說，所謂新視界即新世界也，有新視界才能看到新世界，而新世界之發現亦常賴新視界之觀看。王國維曾說：「凡一代有一代之文學。」若將其所說的時代改為世代，將文學擴大為學術，則亦可說凡一世代皆有一世代之學術。雖不必然是後起的新世代之學術優或劣於之前的世代，但其不同則是極為明顯的。其中的關鍵，就在於彼此觀看視域的差異。因而青壯輩人文學者用新的方法和視域來研究，必然也能得到新的成果和觀點，由此而開拓新的學術世界，這是可以期待的。

　　綜上所述，本叢刊策畫編輯的主要目的有二：第一，是展現青壯世代人文學術研究的新風貌和新動能；第二，則是匯集兩岸四地青壯學者的最新研究成果，從中達到相互觀摹、借鑑的效果。最終的目標，還是希冀能對學術的發展與走向，提供正向積極的助力。本叢刊之出版，在當代學術演進的洪流中，或許只不過如蝴蝶之翼般輕薄，微不足道。但哪怕是一隻輕盈小巧的蝴蝶，在偶然一瞬間搧動其薄翅輕翼，都有可能捲動起意想不到的風潮。期待本叢刊能扮演蝴蝶之翼的功能，藉由拍翅振翼之舉，或能鼓動思潮的生發與知識的創新，從而發揮學術上的蝴蝶效益。

西元二〇一七年九月十二日
車行健謹識於國立政治大學

總序二

　　《文史新視界叢刊》，正式全名為《文史新視界：兩岸四地青壯學者叢刊》。本叢刊全名中的「文史」為領域之殊，「兩岸四地」為地域之分，「青壯學者」為年齡之別，叢書名中之所以出現這些分類名目，並非要進行「區辨」，而是立意於「跨越」。本叢刊希望能集合青壯輩學友們的研究，不執於領域、地域、年齡之疆界，採取多元容受的視野，進而能聚合開啟出文史哲研究的新視界。

　　為求能兼容不同的聲音，本叢刊在編委群部分特別酌量邀請了不同領域、地區的學者擔任，主要以兩岸四地青壯年學者來主其事、行其議。以符合學術規範與品質為最高原則，徵求兩岸四地稿件，並委由萬卷樓圖書公司出版。系列叢書不採傳統分類，形式上可為專著，亦可為論文集；內容上，或人物評傳，或史事分析，或義理探究，可文、可史、可哲、可跨學科。當然，世界極大，然一切僅與自己有關，文史哲領域門類甚多，流派亦各有不同。故研究者關注於此而非彼，自然是伴隨著才性、環境、師承等等因素。叢刊精擇秀異之作，綜攝萬法之流，即冀盼能令四海學友皆能於叢刊之中尋獲同道知音，或是觸發新思，或是進行對話，若能達此效用，則不負本叢刊成立之宗旨與關懷。

　　至於出版原則，基本上是以「青壯學者」為主，大約是在三十五歲至四十五歲之間。此間學者，正值盛年，走過三十而立，來到四十不惑，人人各具獨特學術觀點與師承學脈，也是最具創發力之時刻。

若能為青壯學者們提供一個自由與公正的場域，著書立說，抒發學術胸臆，作為他們「立」與「不惑」之礎石，成為諸位學友之舞台，當是本叢刊最殷切之期盼。而叢書出版要求無他，僅以學術品質為斷，杜絕一切門戶與階級之見，摒棄人情與功利之考量，學術水準與規範，乃重中之重的唯一標準。

　　而本叢刊取名為「新視界」，自有展望未來、開啟視野之義，然吾輩亦深知，學術日新月異，「異」遠比「新」多。其實，在前人研究之上，或重開論述，或另闢新說，就這層意義來講，「異」與「新」的差別著實不大。類似的題目，不同的說法，這種「異」，無疑需要吸收前人研究成果。然領域的開創，典範的轉移，這種「新」，又何嘗不需眾多的學術積累呢？以故《文史新視界叢刊》的目標，便是希望著重發掘及積累這些「異」與「新」的觀點，藉由更多元豐厚的新視界，朝向更為開闊無垠的新世界前進。最末，在數位時代下，吾輩皆已身處速度社會中，過去百年方有一變者，如今卻是瞬息萬變。在此之際，今日之新極可能即為明日之舊，以故唯有不斷追新，效法「天行健，君子以自強不息」之精神，方不為速度社會所淘汰。當然，除了追新之外，亦要維護優良傳統，如此方能溫故知新、繼往開來。而本叢刊正自我期許能成為我們這一時代文史哲學界經典傳承之轉軸，將這一代青壯學者的創新之說承上啟下的傳衍流布，冀能令現在與未來的同道學友知我此代之思潮，即為「新視界叢刊」成立之終極關懷所在。

劉芝慶、邱偉雲序

目次

如蝶振翼——《文史新視界叢刊》總序一 ……………… 車行健　1

總序二 ………………………………………… 劉芝慶、邱偉雲　5

第一章　緒論 ……………………………………………… 1

　第一節　情志之外的角度 ……………………………………… 1

　第二節　本書章節概述 ………………………………………… 3

第二章　六朝擬作詩與代言詩的詮釋進路 ……………… 9

　第一節　從文體的「客觀規範性」論六朝擬作詩的
　　　　　意義與價值 ……………………………………………11

　　一　擬作詩與中國文體論的「客觀規範性」……………13

　　二　擬作詩在詮釋上的模糊地帶 ……………………………25

　第二節　論六朝代言詩的價值歸屬
　　　　　——從遊戲性與技藝性的角度切入探討 ……………44

　　一　六朝文學的遊戲性、技藝性與代言詩 ……………46

　　二　代言詩在詮釋時所遭遇的問題 ……………………52

　第三節　小結 ……………………………………………………67

　　一　六朝擬作詩的詮釋進路 ……………………………67

　　二　六朝代言詩的詮釋進路 ……………………………68

第三章　六朝應制詩與政治權力的關係……………71

第一節　應制詩與公宴詩的區別 ……………………77

第二節　魏晉應制詩與政治權力的關係 ……………82

　　一　政治地位所帶動的應制文學風氣 ……………82

　　二　魏晉應制詩與政治的對話

　　　　——應制詩的正格與其他 ……………………95

第三節　南朝應制詩的發展及其與政治權力的關係 …104

　　一　南朝文學集團促進應制詩的發展 …………104

　　二　南朝應制詩與政治權力的關係 ……………116

第四節　小結 …………………………………………129

　　一　應制詩的定義與討論範圍 …………………129

　　二　應制詩與政治勢力消長的關聯 ……………130

　　三　應制詩的價值及正格，承繼與開展 ………131

第四章　南朝文人樂府詩中的遊戲性與技藝性………133

第一節　樂府詩的娛樂性質及其轉變 ………………137

第二節　南朝文人樂府詩所展現的遊戲性與技藝性 …146

　　一　依樂府古題題義的創作方式 ………………146

　　二　以部分新詞嵌入樂府詩的創作方式 ………159

第三節　小結 …………………………………………167

　　一　樂府詩中的娛樂性與側重文字的發展趨勢 …167

　　二　南朝樂府詩在遊戲性與技藝性的展現 ……168

第五章　結論 ………………………………………169

徵引文獻 ……………………………………………175

索引 …………………………………………………185

第一章

緒論

第一節　情志之外的角度

　　從情志寄託的角度詮釋詩歌，是現今在閱讀、教學或研究上較為常見且普遍的方式，亦常據此作為評價詩歌高低的判準。不可否認，透過探索詩中承載的情感志向，不僅能夠更加了解詩人許多幽深細微的感受與想法，甚至可透過同情共感之理解，達到超越時空、背景、學識的共鳴。由歷來史傳文獻中可知，古代文人實將詩視為生活的一部份，除了用以抒情言志之外，其實交際應酬、嘲笑諷刺、攀附權勢、展現技藝、遊戲娛樂……，在各類場域皆能見到詩的影子，可見在古代文人的心目中，詩的本質與功能應是具有多元的面向。特別是六朝時期。

　　六朝是詩歌發展史上，十分重要的時代。不但產生、強化了詩本質與功能的論述，並發展出在詩歌類型上的多種嘗試，故六朝詩的多樣性，也更顯突出。據李豐楙對六朝詩人的評價：

> 既有寫作生命感受上的「嚴肅」，也有文學表現上放蕩的「遊戲」，而以文藝為社交，消遣其日常工作之外的餘暇時間。[1]

1　李豐楙：〈嚴肅與遊戲：六朝詩人的兩種精神面向〉，收入衣若芬、劉苑如主編：《世變與創化──漢唐、唐宋轉換期之文藝現象》（臺北：中央研究院中國文哲研究所籌備處，2000年2月），頁2。

當在各樣的場合與狀態中皆能產生詩作，可見詩已內化為文人日常生活的一部份。其中，關於遊戲性、技藝性及社交性的部分，在六朝文人心目中重要的程度，恐怕遠超過現代人的想像。

關於詩的娛樂性，梁德林曾提出許多具有遊戲娛樂性質的詩作類型：

> 詩是中國古代源遠流長、成就最為輝煌的一種主要文學形式……然而詩也並非全是為「言志」而作。古代詩歌中有大量以「戲贈」、「戲題」、「戲為」、「嘲○○」為題的作品，就可以證明這一點。古人的詩不少是屬於宴集遊覽時助興之作，往往事先或分韻、或限韻，無非是為了制定文字遊戲的規則，增加遊戲的難度而已，與表達內容的需要了無關係。……歷代有不少人批評唱和詩缺乏真情，害人不淺，人們卻總是樂此不疲，絕對不寫唱和詩的詩人恐怕是不多的，這種現象很令人玩味。聯句詩……成了一種炫耀才學、爭奇鬥勝的文字遊戲……至於那種回環往復、順讀倒讀皆能成義可誦的回文詩，其中的遊戲娛樂性質更無庸贅言了。[2]

以這些典型且常見的類型為例，即使歷來備受抒情言志傳統的抨擊，但文人的創作卻始終不衰，可知有其意義與價值，對文人亦有一定的與影響，而詩的多元性亦由此可見一斑。

其實除了遊戲娛樂以外，亦不乏藉詩以獲取功名、地位、權力、財富的例子，可知詩對文人而言的功能絕非僅抒情言志一項。既然詩可承載的內容如此廣泛，詮釋進路自然應不只一種，對於未必有明確

---

2 梁德林：〈論中國古代文學的遊戲娛樂功能〉，《文學遺產》1992年第6期（1992年），頁16-17。

抒情言志性質的詩歌作品時，或可有更寬闊的詮釋空間。而抒情言志、遊戲娛樂這兩種創作心態看似對立，實則是在不同層次上論詩，即如前述李豐楙所言，詩既可以是「經國之大業、不朽之盛事」，也可以是酒酣耳熱之際的助興工具，兩者皆為文人生活的一部份，實際上並無扞格。

　　本書探討的內容，主要是從我的博士論文《六朝「詩歌遊戲化」現象研究》所延伸的議題。選擇六朝為研究範圍，一方面是延續當時的研究路徑，並期望能透過深化論題，以獲取更多的成果；另一方面，也認為若能更為完整的理解六朝詩的發展與變化，有助於之後延續到其他朝代的研究，相信能更全面性掌握古典詩創作與詮釋的開展面向及意義。

第二節　本書章節概述

　　扣除首尾的「緒論」及「結論」，本書的主要論述共分三章，分別由二〇一四年至二〇一九年所發表的五篇論文改寫而成。茲簡單分述如下。

　　第二章〈六朝擬作詩與代言詩的詮釋進路〉是由兩篇論文〈從文體的「客觀規範性」論六朝「擬作詩」的意義與價值〉以及〈論六朝「代言詩」的價值歸屬──從遊戲性與技藝性的角度切入探討〉綜合修改而成。而這兩篇論文也是靜宜大學一〇四學年度鼓勵專任教師專題研究計畫「論六朝『擬代體』詩的發展與轉變」（PU104-11100-B01）的研究成果，主旨為探討六朝時期的擬作詩與代言詩的價值與意義。

　　本章第一節的主體為〈從文體的「客觀規範性」論六朝「擬作詩」的意義與價值〉。這篇論文曾先在二〇一七年六月，由國立臺中科技大學語文學院主辦之「語言、文學暨文化國際學術研討會」上宣

讀發表；之後再刊登於二〇一九年十二月，由靜宜大學中國文學系主編的《靜宜中文學報》（ISSN：2305-0845）第十六期。

　　本節的內容主要是由從文體所具有的「客觀規範性」的觀念切入，嘗試理解與說明六朝擬作詩的價值與意義。由於擬作詩不以創作者的主體情志為主導，所以通常被認為缺乏價值與意義；但若從文體批評的角度觀之，只要能符合擬作的客觀規範，此類作品依然可以被視為成功的擬作作品。有時後世評論者會致力於探討擬作詩的情志意涵，認為作者在寫擬作詩時，可能藉機寄託了自身之情志或評論，但這其實是忽略了情志寄託在詮釋上的侷限性，也沒有注意到擬作詩與文體論之間的關係。是故，如果從文體「客觀規範性」的角度來詮釋擬作詩，不但可以避免這種問題，更可以突顯擬作詩另一面的價值與意義。

　　第二節則是〈論六朝「代言詩」的價值歸屬──從遊戲性與技藝性的角度切入探討〉。本篇論文曾先在二〇一八年四月，於香港珠海學院中國文學及歷史研究所主辦的「第三屆中華文化人文發展國際學術研討會」上宣讀發表；並收錄於二〇一九年二月出版的《第三屆中華文化人文發展國際學術研討會論文集》（ISBN：978-988-78585-2-2）。內容主要是從遊戲與技藝的角度，來重新評價代言詩的特殊性。

　　這一節的主要觀點，是認為在詮釋古典詩時，除了「內在情志」的解釋之外，「外顯的文采修辭」也可以是詩的價值與意義所在──若從文學所具有的遊戲性、技藝性來看，能夠讓許多詩歌作品的詮釋有更寬廣的途徑，代言詩即是如此。許多文人、學者在詮釋代言詩時，因為過度注重作者的生平背景，反而忽略了題目所具有的明確指示性；加上代言詩的寫作亦有其規範，若是想要在代言詩中尋求作者之寄託，絕不能只憑藉作者生平與社會背景等外緣因素，便遽下判斷，必須要有其他明確的證據，才能推斷。由於代言詩或許與創作者的自我生命無關，也可能並未承載詩人真實的情志，因此從情志批評

來看，自然沒有太多可詮釋的空間。但是若是就遊戲與技藝的觀點而言，不但可以顯出其意義與價值，也可以藉此看出，六朝文人對於詩本質與功能的另一種觀點。

　　第三章〈六朝應制詩與政治權力的關係〉同樣是由已發表的兩篇論文：〈魏晉應制詩與政治權力的關係〉和〈南朝應制詩的發展及其與政治權力的關係〉，重新修改而成。主要是從政治權力的角度，探討六朝應制詩的發展、價值與意義。

　　本章的第一節是〈魏晉應制詩與政治權力的關係〉。本篇論文曾於二〇一八年十一月，獲得科技部「補助國內專家學者出席國際學術會議」（MOST107-2914-I-126-008-A1）的經費，至揚州大學文學院、揚州大學文化傳承與創新研究院共同主辦之「文章體統：中國文體學研究國際學術研討會」上宣讀發表，並於會後獲得主辦單位的邀請，收錄於預定出版的文體學會議論文集當中。

　　第二節是〈南朝應制詩的發展及其與政治權力的關係〉。本篇論文同樣獲得科技部「補助國內專家學者出席國際學術會議」（MOST108-2914-I-126-009-A1）的經費，而於二〇一九年九月，在武漢大學中國傳統文化研究中心、光明文學遺產研究院、武漢大學文學院共同主辦的「中國文化中的文學傳統暨文學史著作整理研究國際學術研討會」上宣讀發表。

　　本章主要是認為應制詩是一場文人與政治權力的對話，是文人將自身能力展現於政治場合的產物，也是文人進行社會互動行為時的一種工具。故應制詩之「用」，才是其價值所在；在政治場合中取得發聲權，則是應制詩的目的。所以文人透過寫作應制詩，在皇室面前展現自身之才能，並透過揣摩在上位者的喜好，以獲取更優厚崇高的獎賞或地位，原就是順應應制詩的本質。至於是否具有文學上或藝術上的價值，恐怕是其次的考量了。

　　六朝應制詩的消長及應制風氣的變化，與中央政治權力的盛衰，實有很大的關聯。西晉的中央政權較為穩固，所以應制詩的數量及風氣，遠大於曹魏和東晉；南朝時期，不僅於數量上有明顯增長，在創作題材上也出現了更多的變化，這應該與文學集團的發展有著密切的關係。

　　此外，魏晉時期的應制詩出現了兩種型態。一種是最常見的型態：文人透過應制詩順應上意以攀附王室，在政治上取得話語權以及權勢利益；另一種型態則是諷喻言志，雖然一直不是主流，故數量不多，但亦可證明文人透過應制詩與政治場合的對話中，仍可蘊含諷諫之意。然而，這類具有諷刺言志涵義的應制詩，可見於魏晉時期，但到了南朝卻幾乎消失殆盡。這可歸因於此時文學與政治的結合，達至前所未有的地步。對於皇室來說，透過應制詩可以展現自己在政治上的權力；對於文人而言，則能夠透過應制詩的善頌迎合上意，除了可以獲得豐厚的金帛賞賜外，更可以藉由皇室的厚愛、賞識，以提升自己的文壇地位及政治地位──尤其是獲得政治地位，幾乎可以說是最終的目標。這也使得當時文人對於應制詩的寫作，無不趨之若鶩且爭相鑽研，使得應制詩在南朝益加興盛。

　　第四章為〈南朝文人樂府詩中的遊戲性與技藝性〉。本文曾以〈南朝文人樂府詩中的遊戲性〉為題，於二〇一四年九月獲得「靜宜大學補助專任教師出席國內外學術會議」的經費後，至武漢大學文學院、武漢大學中國文學傳播與接受研究中心、武漢大學「70後」研究團隊──中國文學傳播與接受研究團隊、武漢大學「70後」研究團隊──海外漢學與中國文學研究的新視野團隊，聯合舉辦的「2014年中國文學傳播與接受國際學術研討會」上宣讀發表，並收錄在二〇一四年九月，由武漢大學、馬來亞大學共同主編，馬來亞大學馬來西亞華人研究中心出版之《2014年中國文學傳播與接受國際學術研討會

論文集》（ISBN：978-967-5733-05-5）。最後再經過大幅度的修改而成此章。

本章主要從詩歌的遊戲性與技藝性切入，以觀察南朝文人如何在實際創作上，改變了漢樂府詩抒情言志的性質，成為另一種全新的樂府詩。

一般談論漢樂府詩，常常以其「感於哀樂，緣事而發」的性質為主，但無論是從民間的角度或皇室的角度都可以清楚看出，其娛樂性質恐怕才是當時的主流，至於漢樂府詩被後世文人所重視的社會現實、倫理價值，則是被包含在娛樂當中。

樂府詩發展到了漢末魏晉之後，文人逐漸不在意其音樂性，但樂府詩的娛樂性卻依舊存在。只是娛樂性的展現重點，從文字修辭、音樂曲調並重，逐漸偏向以文字修辭為主；而創作時所娛樂的對象，則從一般民眾或帝王，轉往以文人自身為主發展。同時，透過文學技藝性的強化，也讓樂府詩的娛樂型態，由社會普遍性轉換為偏向菁英的文人階層。這種情形，自漢末魏晉至南朝，愈趨明顯。

六朝文人以樂府詩自娛娛人的場合，經常是在文學集團的遊宴之中。這是因為在特定群體之中，文人很容易藉文學作品交遊，來表示情誼或用以娛樂，而南朝又是文學集團最為興盛的時代，其風更甚。所以南朝文人所寫的樂府詩，不但數量最多，以文字一爭長短的風氣最盛，所開展出的遊戲性與技藝性，方式也最多樣化。本文即以南朝文人樂府詩中，較常見的兩種創作方式，進行討論。第一種是「依樂府古題題義的創作方式」，也就是將漢樂府原本的題目視為題材，作品則圍繞此題目而寫，類似命題作文的撰寫方式；第二種是「以部分新詞嵌入樂府詩的創作方式」，是透過造句填空的方式，將部分新詞嵌入樂府詩中。南朝文人樂府的遊戲性與技藝性，也在這些創作方式中，表露無遺。

　　以遊戲、技藝等角度作為詮釋進路，經常被視為是挑戰主流的情志傳統之舉，故在研究論述的過程中，屢有顛踣。幸蒙諸多師友指教，與歷來在學術道路上各研討會及期刊審查的建議，獲益良多。本書是試圖在情志之外探討詮釋進路的一點心得，不揣鄙陋集結成書，作為獲得博士學位以來的記錄，也盼學者專家不吝指正。

第二章
六朝擬作詩與代言詩的詮釋進路

　　在詮釋或教授古典詩歌時，目前大多使用情志批評的一種次型態——「作者本意」的角度——進行評論。[1]這是以傳統「知人論世」的觀念為基礎，[2]透過對社會背景及作者生平的理解，以尋求作者真實的創作動機及寄託的情志。[3]

　　此箋釋方法影響古典文學批評甚深，為目前古典文學批評的主流觀點，與現今學術界常論述的「抒情傳統」密不可分。就此箋釋概念而言，古典詩的意義與價值，正在於詩人如何將詩與自身遭遇結合，並完美的將個體生命之情，轉化為人類共有的情感，並透過作品使閱讀者產生共感。

　　然而，古典詩的創作與詮釋，是否能由情志寄託一以蔽之？甚至可以再進一步思考：如果在一首古典詩中，無法找到其所寄託的情志，此詩是否就不具討論的價值與意義？龔鵬程曾指出：

1　顏崑陽：「『情志批評』還有另一個次型態，所謂『情志』指的是寄託於言外的詩人創作意圖，即『作者本意』。」《李商隱詩箋釋方法論——中國古典詮釋學例說》〈新版自序〉（臺北：里仁書局，2005年11月），頁2。

2　《孟子》〈萬章下·八〉：「以友天下之善士為未足，又尚論古之人。頌其詩，讀其書，不知其人，可乎？是以論其世也。是尚友也。」參見朱熹：《四書章句集注》（臺北：大安出版社，1996年11月），頁452。「知人論世」之說雖然由孟子提出，但其本意原不在於對文學作品的箋釋。在經過漢儒用以解經的實際操作後，才逐漸形成一套文學箋釋理論。

3　顏崑陽：「（知人論世）依據著對外緣歷史經驗的文本的理解……歸趨於對主體心靈經驗，也就是他內在情志的理解。」《李商隱詩箋釋方法論——中國古典詮釋學例說》，頁70。

> 文學之道，殊不只抒情言志一端。情志誠不誠、事類真不真、
> 義理好不好，固然重要，但只是充分條件而非必要條件。文學
> 之所以不同於事相報導、義理論文者，正在於它的文采，在於
> 它如何去說一件事、一個理。事情可能是虛構的，義理也可能
> 不究竟，然而說得好說得巧，就能動人。[4]

可見內在情志寄託的解釋固然重要，但並非唯一的價值判準，外顯的
文采修辭及社會功能，也可以是其價值與意義所在。因此若詮釋者只
由情志寄託的角度出發，不免容易受限於詮釋視野，而窄化了作品詮
釋的可能。顏崑陽先生便認為：

> 「詩」是「意義」的複合體，我們無法只由一個固定的「視
> 域」完全看透，我們必須轉換各種不同的視域，才能看到它各
> 種層次或面向的意義。[5]

由於詩會隨著不同的批評觀點，而有不同的意義與價值，故必須特別
指出：這並非否定尋求作者之情志寄託、強調抒情傳統的詮釋觀念的
價值，或是企圖建立另一套批評觀念以代之，而是對於古典詩的詮
釋，除了情志寄託之外，是否還有其他的可能性？所提出的思考。本
章即著眼於此，希望透過不同的詮釋角度，以尋求擬作詩與代言詩的
價值與意義。

4　龔鵬程：《中國文學史‧文學技藝的強化》（臺北：里仁書局，2009年1月），頁162。
5　顏崑陽：〈用詩，是一種社會文化行為方式──建構「中國詩用學」芻論〉，《淡江
　　中文學報》第18期（2008年6月），頁283。

第一節　從文體的「客觀規範性」論六朝擬作詩的意義與價值

由《昭明文選》在詩類下別列「雜擬」一目，並收錄有六十三首作品，可見擬作詩在六朝時期確實盛行一時。然而在後代詩歌評論中，大抵對多數擬作詩的評價不高。

關於「模擬」類型的詩不被重視的原因，王瑤（1914-1989）認為：這是因為後世文人常將擬作視為一種「托古作偽」的作品，[6]而龔鵬程也曾進一步提出三點看法：

> 第一、仿作與偽作只是對於原創作的形似物，既是形似物，則其本身不能透顯出生命存在之價值與抉擇，便形成意義的失落，在作品中沒有對意義的追求；第二、它仍是意義的冒襲，所謂「不真」；第三、作品的意義與創作者自我生命無關。[7]

綜合這三點說法，其實就是說明了因為許多擬作詩的內容「不真」，而且「與創作者自我生命無關」，所以價值不高。可知即使王瑤曾於論作中極力澄清「魏晉文人的擬作不等同於『偽作』，而且也並不一定是為了欺世盜名」，[8]但是通篇擲地有聲的論述，依然難以撼動目前學界對於多數擬作詩的觀點。這當中的原因，並非王瑤的論述不夠清晰，而是因為擬作詩在歷來評論者所習於採取的批評方式中，無法被完善的詮釋，亦尋求不出其價值與意義。

6　王瑤：〈擬古與作偽〉，收入《中古文學論集（重排本）》（北京：北京大學出版社，2008年5月），頁158。

7　龔鵬程：《文學散步》（臺北：漢光文化事業股份有限公司，1997年9月），頁176。

8　王瑤：〈擬古與作偽〉，頁158。

　　由於現今詮釋古典詩多以情志寄託為主流觀念，因此，擬作詩這類「不真」而且「與創作者自我生命無關」的作品，自然不容易受到重視。部分受到重視的擬作詩，通常也是因為評論者視其為創作者之寄託，從而可由作品表面所呈現的「不真」中，探索出幽微卻真實的作者情志。只是這種觀點論述，正是傳統尋求作者本意的詮釋進路，詩之價值仍存在於詩的內容與創作者內在情志的交融。然而，如果我們將所謂「好詩」的價值判準，由「詩人身上的情志」轉移到「以詩本身為中心」的話，可能就會有不一樣的觀點。

　　當詩的評價高低與詩人真實的情感無關，而是以詩本身所使用的文字技巧、所呈現的風格樣態來作判準時，便涉及了文體論的觀點。雖然目前學者大都認為六朝是「詩緣情」的時代，但其實六朝同時也是文體論所盛行的時期。從曹丕（187-226）〈典論·論文〉、摯虞（？-311）〈文章流別論〉、陸機（261-303）〈文賦〉，乃至於劉勰（約465-521）《文心雕龍》，無不涉及文體之說。顏崑陽先生曾對於六朝文學批評的趨向，提出以下看法：

　　　　六朝的文學批評趨向是什麼？研究這一段文學批評史的學者，
　　　　應該都會同意六朝文學批評的主要趨向就是：文體論的批評。
　　　　所謂「文體論的批評」，即是以文體知識作為批評的主要理論
　　　　依據，而其批評的終極標的也是在乎詮釋或評價作品是否完滿
　　　　地實現某一文體的美學標準。[9]

9　顏崑陽：〈文心雕龍「知音」觀念析論〉，《六朝文學觀念叢論》（臺北：正中書局，
　　1993年年2月），頁215。

晉宋以下，文體知識日漸精詳，乃又開展出另一以文體規律為
主導的演變系統。[10]

因此，從「文體論」的角度來重新理解六朝擬作詩的價值與特殊性，
或許也是一個能夠貼近當時詩人創作動機的途徑。

一　擬作詩與中國文體論的「客觀規範性」

目前學界已有許多學者致力於中國文體論之建構，[11]而本文則將
以文體論為基礎，從而就中國文體之「客觀規範性」的觀念，來討論
與理解擬作詩較具普遍性的價值與意義。

所謂文體的「客觀規範性」是指：

> 等到一種文體已被全面反省而給予規定之後，它便形成客觀的
> 規範性，可謂之「規範階段」，此時又正如《文心雕龍·鎔裁
> 篇》所謂「設情以位體」、〈體性篇〉所謂「摹體以定習」等，
> 這些陳述都突顯了文體客觀的規範效力。[12]

當某種文類經由長期的大量寫作後，便能逐漸歸納出其特定的風格樣
式，並形成一套規範。當這些規範一旦約定俗成，通常不會隨著不同

---

10 顏崑陽：〈論沈約的文學觀念〉，《六朝文學觀念叢論》，頁265。

11 例如：薛鳳昌《文體論》、蔣伯潛《文體論纂要》、徐復觀〈文心雕龍的文體論〉、
李日剛〈《文心雕龍》之文體論檢討──《文心雕龍斠詮·體性》篇題述〉、王夢鷗
〈漢魏六朝文體變遷之一考察〉、廖蔚卿《六朝文論·文體論》、褚斌杰《中國古代
文體概論》、龔鵬程《文心雕龍》的文體論〉、顏崑陽〈論文心雕龍「辯證性的文
體觀念架構」〉、〈論沈約的文學觀念〉及〈文心雕龍「知音」觀念析論〉等，相關
討論的書籍與論文眾多。

12 顏崑陽：〈論文心雕龍「辯證性的文體觀念架構」〉，《六朝文學觀念叢論》，頁104。

作者的寫作而改變，可說是具備了相對客觀化的條件。當創作者依照
這些規範寫出來的作品，其所呈現出的整體藝術形相，無論是外在的
「體製」[13]，還是屬於整體風格的「體貌」[14]、「體式」[15]，往往都具
有高度的相似性。而後世文人再遵照這些規範，進行類型化的寫作，
進而形成一個完備的文體。

　　而關於擬作詩的定義，梅家玲認為：

> 所謂的「擬作」，乃是依據既有作品進行仿擬，其情意內涵和
> 形式技巧皆須步伍原作，並儘可能逼肖原作的體格風貌，以求
> 「亂真」。因此，它是一種以具有特定內容和形式的「書寫
> 品」為法式的模仿行為。……就擬作者的創作來說，它與一般
> 創作活動最大的不同之處，即在於多以一既有的「文本」為寫
> 作準則；其命意造句，亦多符應於該文本的體格風貌，不宜逾
> 越。[16]

---

13 所謂「體製」即由語言外在形式所組成的部分。詳見顏崑陽：〈論文心雕龍「辯證
　性的文體觀念架構」〉收錄於《六朝文學觀念叢論》，頁129-131。又同書中之〈中國
　古典文學批評術語疏解10則‧體勢〉亦有論述，頁361。

14 顏崑陽：「一切文學作品，在『體製』與『體要』的配合操作而被具體表現出來之
　後，不管是寫景狀物，或抒情說理者，都必然會呈現作品整體性的藝術形相。這就
　是『體貌』。故『體貌』非一抽象概念，而是具現之風格。若以『作家』而言，是
　為『個人風格』……若以『作品』而言，則有某類或某篇作品之個別風格。」〈中
　國古典文學批評論述10則‧體勢〉，《六朝文學觀念叢論》，頁363。

15 「體式」是指「風格範行」，又可分為兩種，一為超越個別作品而相應於某一文
　類，如《典論‧論文》：「奏議宜雅，書論宜理，銘誄尚實，詩賦欲麗」及陸機〈文
　賦〉：「詩緣情而綺靡，賦體物而瀏亮，……」所言；另一是超越前者所說之「體
　式」，而為一普遍美之範疇，如《文心雕龍‧體性》之八體（典雅、遠奧、精約、
　顯附、繁縟、壯麗、新奇、輕靡）。顏崑陽：〈中國古典文學批評術語疏解10則‧體
　勢〉，頁363-364。

16 梅家玲：〈漢晉詩賦中的擬作、代言現象及其相關問題〉，《漢魏六朝文學新論》（北
　京：北京大學出版社，2004年11月），頁11、31。

陳恩維主張：

> 擬作與原作既有相似性，又不失相異之處，模擬乃是一個追求
> 與事先存在的作品在內容與形式方面求同存異的創作過程。通
> 過這一過程而產生的文本，我們稱之為擬作。……模擬者在尋
> 求與原作的對應關係中受到了原作的種種制約，創作風格必然
> 受到原作的影響。[17]

龔鵬程則以為：

> 擬代之體，本有假擬代言之性質，如上述（鮑照）擬曹植陸機
> 者，是仿其體制，作類如他們詩體那樣的詩。內中之情與事，
> 均是摹仿陸機曹植曾在他們詩中表現過的，那樣才算擬古得
> 體。[18]

涂光社說得更直接、清楚：

> 擬作少了首創的自由，常須進入原作框定的情態心境……擬作
> 者一般不是直抒胸臆，常常是依原作意趣風格，站在抒寫對象
> 的立場，置身其境遇和特定的場景和關係之中，以其心理、情
> 感和視角面對事物，醞釀情懷和進行思考並付諸表現。[19]

---

17 陳恩維：《模擬與漢魏六朝文學嬗變》（北京：中國社會科學出版社，2010年7月），
　　頁27、29。
18 龔鵬程：《中國文學史・擬古而生的創造》，頁205。
19 涂光社：〈漢魏六朝的文學模擬——從六朝文學的「擬」「代」談起〉，《遼寧大學學
　　報（哲學社會科學版）》，第34卷第1期（2006年1月），頁38。

綜觀諸家之說，雖各有己見，但差異不大。簡而論之，所謂「擬作」即是以一已存在的文字範式為模擬對象，[20]擬作者設想他人之情、揣摩他人之辭，從而創作出與原作在內容、形式與風格上，儘量相同的作品。也就是說，必須要細微的呈現所模擬對象，在詩歌作品上的體格風貌，極盡可能的達到「逼真」，甚至足以「亂真」之境，[21]同時也要把握「不宜逾越」的準則。

由此可知，擬作詩並不以創作者本人的主體情志為基礎，故就情志寄託的詮釋進路而言，很難發現太多的價值與意義。然若由文體批評的角度觀之，擬作詩本就是要模仿典範作品所呈現出的「體貌」，也就是模仿個別詩人或作品所呈現的整體風格，即：若是模仿詩人，便是模仿其個人風格（如「陶淵明體」、「杜甫體」、「李白體」等）；若是模仿某作品來說，則為某類或某篇作品之個別風格（如「風騷體」、「古詩體」等）。而模擬的相似與否，即是評價詩作的高低所在，因此，能夠呈現出以假亂真的擬作，正可視為此類作品的優秀之作。

可見在探究「擬作詩」的價值與意義時，若是由文體批評的角度評價，同樣可以有一較具普遍性且完整的理解。此可與王瑤對擬作詩的說法相呼應：

---

20 宇文所安（Stephen Owen）：「在公元三世紀的用法裡，直到五世紀中期，『擬』指的都是對一篇具體作品而不是對一個作者的模仿。……整個五世紀『擬』都被用來指稱對特定詩篇的模仿，這個情況是相當穩定的。」《中國早期古典詩歌的生成》（北京：三聯書店，2012年6月），頁310、311。涂光社：「被『擬』者，多為前代的曲調、名作，或依其格律章法，或仿其風格、情調。」〈漢魏六朝的文學模擬——從六朝文學的「擬」「代」談起〉，頁37。

21 王瑤：〈擬古與作偽〉：「擬作的理想本來就是要『逼真』，則『逼真』到了『亂真』的程度，自然也是有的。」，頁161。

　　（擬作詩）本來是一種主要學習屬文的方法，正如我們現在的
　　臨帖學書一樣。前人的詩文是標準的範本，要用心的揣摩，模
　　仿，以求得其神似。……這種風氣既盛。作者也想在同一類的
　　題材上，嘗試著與前人一較短長，所以擬作的風氣便越盛了。[22]

王瑤的論述，雖然沒有直接援引文體論的觀點說明，但其所說的「學
習屬文」之法，以及擬作者在同一類題材上「嘗試著與前人一較短長」
之論，其實與本文所提出文體論的「客觀規範性」觀念，正自相同。

　　擬作詩最初的意義，應是一種模仿他人，並求其神似之作。「神
似」之「神」，表示擬作之詩，除了形式內容及用字構詞等外在部
分，必須做到難以分辨之外，所呈現出的整體精神、風格，也必須與
被模仿之範本相近。故被稱之為優秀的擬作詩，自然是要做到近似原
作，甚至是將其置入原作者作品時，亦無人產生懷疑的境界。相對來
說，無論是有意或無意，遠離了模擬的範本，抑或是加入與原作相差
甚大的情感、風格（包含擬作者自身的情感、風格），即使內容或修
辭都顯得精采絕倫、創意十足，或是表現出深沉的情志寄託，卻仍舊
可能因為不符合文體的客觀規範，而被視為不合格的擬作詩。

　　為了達到這種等同原作的境界，往往必須強調「學」的重要性。
故《文心雕龍》〈體性篇〉云：「八體屢遷，功以學成」，便是以此作
為論據。後世文人有時會在題目上使用「學」或「效（傚）」來取代
「擬」，用字雖然有異，但意思其實相同，只不過更強調了「學」的
部分。如：袁淑（408-453）的〈傚曹子建樂府白馬篇〉，從題目便可
清楚理解，此詩是以曹植（192-232）樂府作品〈白馬篇〉為模擬對
象而作；鮑照（414-466）〈學劉公幹體〉與江淹（444-505）〈學魏文

---

22 王瑤：〈擬古與作偽〉，頁161-163。

帝詩〉、〈效阮公詩十五首〉，亦可同樣由題目看出，是模擬了劉楨
（186-217）、曹丕和阮籍（210-263）在詩歌創作上的整體風格。對
此，宇文所安認為：

> 在五世紀中期，我們開始看到對一位作者的風格（「體」）的模
> 仿，在這種情況下，會使用「學」和「效」這樣的字眼來表
> 示。[23]

其說法可與前述王瑤「學習屬文」之說相互參照。

　　這種學習前人典範作品的風氣，其實漢代即有之。《漢書‧揚雄
傳》記載：

> 先是時，蜀有司馬相如，作賦甚弘麗溫雅，雄心壯之，每作
> 賦，常擬之以為式。[24]

「弘麗溫雅」是揚雄（西元前53-西元18）對於司馬相如（西元前
179-西元前117）賦作的整體風格，所下的評語。對揚雄來說，這恐
怕也是寫作賦體時，應該呈現的理想狀態。因此，模擬司馬相如的賦
作，就是揚雄在學習作賦時的最佳方式。除此之外，其他如：屈原
（約西元前340-前278）的「離騷」、枚乘（？-西元前140）的「七
發」，以及班固（32-92）等三人受詔所作的「連珠」等，都是漢代文
人喜愛模擬的對象，相關的擬作也因此大量產生，[25]可見漢代文學模

23　宇文所安（Stephen Owen）：《中國早期古典詩歌的生成》，頁311。
24　〔漢〕班固：《漢書》（北京：中華書局，1997年11月），頁893。
25　相關討論可詳見王瑤：〈擬古與作偽〉，頁162；涂光社：〈漢魏六朝的文學模擬──
　　從六朝文學的「擬」「代」談起〉，頁34。

擬風氣之盛。而這種模擬的風氣，也延續到了六朝，成為文人創作時一種常見的方式。

六朝時，文人詩的創作逐漸興起。文人在嘗試創作某一類內容的詩時，也會尋求當世公認的經典，透過模擬以學習其特點，如傅玄（217-278）的〈擬四愁詩〉即是一種頗為特別的類型——其所模擬的對象為東漢張衡（78-139）的〈四愁詩〉[26]。

張衡的〈四愁詩〉之所以題為「四愁」，乃是以四首具有相同悲涼情緒之詩，合成為一組詩。在寫作體製上，除了每首詩的句式相同之外，每一句中皆有不可改易的字詞，作詩者就像是玩文字填空遊戲一樣，在每一句固定的地方填入新詞，而且不但常限定詞性，有時又必須要和後面填入的字詞契合。最後，整首詩的意思與情感，還須要與其他三首相似。舉例來說，每首第一句的前五字「我所思兮在」是固定不能更易的詞，後二字雖可隨意填空，但必須限定為地區之名，故第一首至第四首依序為「太山」、「桂林」、「漢陽」、「雁門」，而這四個地點的方位，又影響了第三句「側身○望」所填寫的部分——「太山」在東，故寫成「側身東望」；「桂林」在南，故寫成「側身南望」；其餘第三及第四首詩的寫法亦是如此。雖然這種情形看似一種文字遊戲或寫作練習，然張衡在〈四愁詩序〉中提到：

---

26 張衡〈四愁詩〉：
　一思曰：「我所思兮在太山，欲往從之梁父艱。側身東望涕霑翰。美人贈我金錯刀，何以報之英瓊瑤。路遠莫致倚逍遙，何為懷憂心煩勞。」
　二思曰：「我所思兮在桂林，欲往從之湘水深。側身南望涕霑襟。美人贈我琴琅玕，何以報之雙玉盤。路遠莫致倚惆悵，何為懷憂心煩傷。」
　三思曰：「我所思兮在漢陽，欲往從之隴阪長。側身西望涕霑裳。美人贈我貂襜褕，何以報之明月珠。路遠莫致倚踟躕，何為懷憂心煩紆。」
　四思曰：「我所思兮在雁門，欲往從之雪雰雰。側身北望涕霑巾。美人贈我錦繡段，何以報之青玉案。路遠莫致倚增歎，何為懷憂心煩惋。」
　參見逯欽立《先秦漢魏晉南北朝詩》（北京：中華書局，1998年5月），頁180-181。底下所引之詩若出處皆同，則不另加註。

張衡不樂久處機密，陽嘉中出為河間相。時國王驕奢，不遵法
度，又多豪右并兼之家。衡下車，治威嚴，能內察屬縣，姦猾
行巧劫，皆密知名，下吏收捕，盡服擒。諸豪俠遊客，悉惶懼
逃出境。郡中大治，爭訟息，獄無繫囚。時天下漸弊，鬱鬱不
得志，為四愁詩。屈原以美人為君子，以珍寶為仁義，以水深
雪雰為小人，思以道術相報，貽於時君，而懼讒邪不得以通。[27]

可見這組詩是有張衡的情志寄託於內的——詩中所寫的美人、珍寶、
水深雪雰皆有特殊意涵，所以詮釋此組詩，絕不能只注意表面所呈現
的男女之情，而必須透過比興符碼的特殊涵義解讀。

張衡原詩之意如此，但傅玄寫〈擬四愁詩〉[28]時，其模擬的著重
處，卻可能並非張衡所講求的寄託深意。傅玄在〈擬四愁詩序〉中，
已明言其創作動機：

---

27 張衡〈四愁詩序〉，〔南朝梁〕蕭統編、〔唐〕李善注：《文選》（臺北：五南圖書出
版有限公司，1998年10月），頁751。

28 傅玄〈擬四愁詩〉：
我所思兮在瀛州，願為雙鵠戲中流。牽牛織女期在秋，山高水深路無由。恐予不遘
嬰殷憂，佳人貽我明月珠。何以要之比目魚，海廣無舟悵勞劬。寄言飛龍天馬駒，
風起雲披飛龍逝。驚波滔天馬不屬，何為多念心憂洩。
我所思兮在珠崖，願為比翼浮清池。剛柔合德配二儀，形影一絕長別離。恐予不遘
情如攜，佳人貽我蘭蕙草。何以要之同心鳥，火熱水深憂盈抱。申以琬琰夜光寶，
卞和既沒玉不察。存若流光忽電滅，何為多念獨蘊結。
我所思兮在崑山，願為鹿麚窺虞淵。日月回耀照景天，參辰曠隔會無緣。恐予不遘
罹百艱，佳人貽我蘇合香。何以要之翠鴛鴦，懸度弱水川無梁。申以錦衣文繡裳，
三光騁邁景不留。鮮矣民生息如浮，何為多念祇自愁。
我所思兮在朔方，願為飛燕俱南翔。煥乎人道著三光，胡越殊心生異鄉。恐予不遘
罹百殃，佳人貽我羽葆纓。何以要之影與形，永增憂結繁華零。申以日月指明星，
星辰有翳日月移。駑馬哀鳴慼不馳，何為多念徒自虧。

　　昔張平子作四愁詩，體小而俗，七言類也，聊擬而作之。[29]

　　「體小」應是指詩句較少，「七言」則是指一句七字的形式，兩者皆是說明外在的體製部分；而「俗」則是相較於「雅」的風格，也就是詩之「體貌」。所以傅玄〈擬四愁詩〉所模擬的就是張衡〈四愁詩〉中，屬於外在形式的「體製」，以及屬於整體風格的「體貌」。因此，儘管傅玄亦步亦趨的模擬張衡之作——同樣以四首詩來描寫四種哀愁之感，也在第一句「我所思兮在○○」嵌入了地名，以及在後面的句子上嵌入類似原句的「佳人貽我」（原句為「美人贈我」），和「何以要之」（原句為「何以報之」）等部分，但按傅玄於序中自陳之言，我們在詮釋這組詩時，就不應該如同解讀張衡〈四愁詩〉般，尋求其深刻幽微的情志內涵。因此，張衡原作及傅玄擬作兩者看似相似，然詮釋與評價的方式宜有區別。張衡的〈四愁詩〉可以透過尋求情志寄託而得到隱含其中的深意；而傅玄的〈擬四愁詩〉則應從文體的「客觀規範」評價，亦即是否符合張衡〈四愁詩〉之形式與風格，從而判斷其是否為一成功之擬作。

　　除了傅玄之外，時代稍晚的張載亦作有〈擬四愁詩〉[30]。其寫法與張衡、傅玄相同，第一句前四字皆以「我所思兮」開始，後三字再

---

29 參見逯欽立：《先秦漢魏晉南北朝詩》，頁573。
30 張載〈擬四愁詩〉：
　　我所思兮在南巢，欲往從之巫山高。登崖遠望涕泗交，我之懷矣心傷勞。佳人遺我筒中布，何以贈之流黃素。願因飄風超遠路，終然莫致增永慕。
　　我所思兮在朔湄，欲往從之白雪霏。登崖永眺涕泗頹，我之懷矣心傷悲。佳人遺我雲中翮，何以贈之連城璧。願因歸鴻超遐隔，終然莫致增永積。
　　我所思兮在隴原，欲往從之隔秦山。登崖遠望涕泗連，我之懷矣心傷煩。佳人遺我雙角端，何以贈之雕玉環。願因行雲超重巒，終然莫致增永歡。
　　我所思兮在營州，往欲從之路阻修。登崖遠望涕泗流，我之懷矣心傷憂。佳人遺我綠綺琴，何以贈之雙南金。願因深波超重深，終然莫致增永吟。

填入地名；後面的「佳人遺我」、「何以贈之」的寫法，也幾乎一樣。
此組詩雖然沒有詩序可為參考，但從其整體的形式，以及可能為當時
時代風氣（前已有傅玄之擬作）的角度來看，此組詩很可能也是著重
在模擬文體的部分。

　　另外，陸機的〈擬古詩十二首〉也是一個可以討論的例子。陸機
的這組詩很明顯的是針對「古詩十九首」與漢代古詩〈蘭若生春陽〉
等詩，依樣畫葫蘆的作品。[31] 以漢代「古詩」〈涉江采芙蓉〉和陸機的
〈擬涉江采芙蓉〉為例：

> 涉江采芙蓉，蘭澤多芳草。采之欲遺誰，所思在遠道。
> 還顧望舊鄉，長路漫浩浩。同心而離居，憂傷以終老。
> （漢古詩〈涉江采芙蓉〉）

> 上山采瓊蘂，穹谷饒芳蘭。采采不盈掬，悠悠懷所歡。
> 故鄉一何曠，山川阻且難。沈思鍾萬里，躑躅獨吟歎。
> （陸機〈擬涉江采芙蓉〉）

將兩首詩並列來看，陸機其實並沒有重複使用「古詩」的詞句，但卻
很明顯地模擬了「古詩」所呈現的內容、意境與情感。前兩句「上山
采瓊蘂，穹谷饒芳蘭」，完全按照「古詩」的開頭「涉江采芙蓉，蘭
澤多芳草」，只不過將「涉江」換成「上山」，也因為採花地點的更
替，所以後面也順勢換成「瓊蘂」及「穹谷」，模擬方式幾近於對偶
一般。三、四句「采采不盈掬，悠悠懷所歡」，透過採花動作的描

---

31 陸機〈擬古詩〉與原詩的詳細比較，可參見林文月：〈陸機的擬古詩〉，《中古文學
　論叢》（臺北：大安出版社，1989年6月），以及宇文所安（Stephen Owen）：《中國早
　期古典詩歌的生成》。

寫，而想念遠方之人，因物而起情的感受，也與「古詩」類似。「故鄉一何曠，山川阻且難」，則同樣寫故鄉之遙，只是用「曠」強調「望」之無盡，用山川險阻強調「長路」之遠，可以說是強化了「古詩」原本的用意。結尾兩句「沈思鍾萬里，躑躅獨吟歎」，在字詞上雖不同於「古詩」，但用「沈思」、「躑躅」、「獨吟歎」等詞，也表現了「古詩」原本傳達因離居而「憂傷以終老」之意。所不同的是，陸機沒有刻意表明「古詩」中的「同心」，而用「獨」字加強因思念而產生的哀淒悲涼之感。綜觀陸機此詩，無論是整體行為還是情緒感受，皆與「古詩」一致，符合其詩題「擬」的意義。

對於陸機此組擬作詩的評價，歷來褒貶不一。鍾嶸（？-518）《詩品》在「古詩」一條中，也將陸機這組擬作詩一併放入討論，並給予極高的評價，可見鍾嶸亦是從「古詩」的文體標準，來評斷陸機之詩；[32]而賀貽孫（1604-1688）的《詩筏》則是認為擬古之作必須「彷彿古人神思所在」，批評陸機這組詩「將古人機軸語意，自起至訖，句句蹈襲，然去古人神思遠矣」，[33]雖給予很低的評價，但其評論亦是從文體模擬的角度出發。潘德輿（1785-1839）《養一齋詩話》則強力批評陸機這組擬作詩：

> 若陸士衡專取一題而擬之，共十二首，謝康樂、江文通專取一人而擬之，謝共八首，江共三十首，舍自己之性情，肖他人之笑貌，連篇累牘，夫何取哉！……若專倣一題一人之作，為全

---

32 〔南朝梁〕鍾嶸：《詩品・古詩》：「陸機所擬十四首，文溫以麗，意悲而遠，驚心動魄，可謂幾乎一字千金。」王叔岷：《鍾嶸詩品箋證稿》（臺北：中央研究院中國文哲研究所，1992年3月），頁129。

33 〔清〕賀貽孫：《詩筏》，收入《清詩話續編》（臺北：藝文印書館，1985年9月），頁153。

集中偶見一二，可為排悶遣日具，多至數十首，斷非通達詩本
者也。[34]

對潘德輿而言，陸機、謝靈運（385-433）及江淹的擬作詩，皆是模
仿他人風格樣貌，而與作者本人性情無關，因此對三人擬作詩的評價
極低。但若跳脫「個人真實性情」之評論角度，不難發現潘氏所言
「舍自己之性情，肖他人之笑貌」，其實正是擬作詩之特色，故若就
「肖他人之貌」來論擬作之高下，則此組詩的價值與意義便自不同。

此外，潘德輿也認為，擬作詩僅作為排悶消遣的娛樂之用，只該
偶一為之。這種將詩視為娛樂的說法，與林文月的觀點有些類似。林
文月曾嘗試跳脫「學習屬文」的說法，提出陸機〈擬古詩〉「未嘗不
是一種藝高膽大的遊戲性或挑戰性動機之下的表現」[35]。其實，無論
創作動機為「遊戲娛樂」或「挑戰前人」，在擬作詩書寫時，都必然
在一定程度上遵循客觀的規範，否則何以論其高低？也因此，判別擬
作作品之高下時，便不全然是以意象創新或風格優劣為依歸，而是以
「體貌」上近似原作的程度為判準。由此可知，即使創作動機或有不
同，但在遵循文體的「客觀規範」上，則是一致的。

葉夢得（1077-1148）《石林詩話》曾云：

魏晉間人詩，大抵專工一體，如侍宴、從軍之類。故後來相與
祖習者，但因其所長取之耳。謝靈運〈擬鄴中七子〉與江淹
〈雜擬〉是也。[36]

---

34 〔清〕潘德輿：《養一齋詩話》，收入《清詩話續編》，頁2143。

35 林文月：〈陸機的擬古詩〉，頁157。

36 〔清〕何文煥：《歷代詩話》（臺北：藝文印書館，1991年9月），頁260。

葉夢得清楚指出，六朝文人之所以「相與祖習者」，即是為了取其長處，也就是透過模擬效仿，以習得那些作品在文體上的「體貌」，增進、拓展自己寫詩的能力。（至於葉夢得所舉出的謝靈運〈擬魏太子鄴中集詩八首〉及江淹〈雜擬三十首〉，由於常被論者視為隱含擬作者之情志，在詮釋上產生更多的歧義，故本文將在下一節中進行討論。）

雖然擬作詩必須遵循文體的「客觀規範性」，以達到近似原作的目標。但這並不代表擬作詩只是一種「意義的冒襲」，是「不真」的作品（前述龔鵬程之語）。顏崑陽先生認為：

> 範型之規定，只是揭示一理想之文體。在實際之創作活動中，仍因應個人性情之異，而容許有不同體貌之呈現。[37]

在擬作的作品中，其實已經隱含了擬作者如何看待、觀察原作的角度。每一位擬作者的性情及觀察角度，或多或少都有不同，所以模擬出來的作品，雖然都可能近似原作，但卻又不完全是同一個模子印出來的成品。若是將原作和擬作放在一起，應該會讓讀者感覺像是某一位作者，在同一個題目下，寫出風格接近，但又沒有重複的作品。這也可以說是在文體的客觀規範下，隱藏起來的創造性。

二　擬作詩在詮釋上的模糊地帶

在強調情志寄託的傳統詮釋方式下，許多評論者一直認為擬作詩有個模糊的空間，亦即作者在模擬的過程中，可能藉機寄託了自身之情志或議論。擬作詩這種看似模糊的空間，也使得許多作品在詮釋

---

37 顏崑陽：〈中國古典文學批評術語疏解10則・體勢〉，頁365。

時，常出現歧義，而難以達成共識。這也導致後世評論者，有時候會在有意無意間，游移於擬作詩的客觀規範性與情志寄託之間，而在論述上產生不同的解釋。底下將以三組常被評論者視為具有情志寄託的詩作為例，對於歷來的評論意見，進行討論，以便了解文體的客觀規範，如何呈現出擬作詩的另一種價值與意義。

（一）陶淵明〈擬古九首〉

陶淵明（365-427）的〈擬古九首〉，雖題目已明顯歸屬於「擬作詩」，然後世詮釋者多視為以古諷今之作。此組詩歷來多被視為陶淵明於劉宋代晉後，悼國傷時的託諷之作。例如：許學夷（1563-1633）《詩源辨體‧卷六》云：

> 靖節《擬古》九首，略借引喻，而實寫己懷，絕無摹擬之跡。非其識見超越，才力有餘，不克至此。

> 先儒謂靖節退歸後所作，多悼國、傷時、託諷之語，然不欲顯斥，故以《擬古》等目名其題云。愚按：此論靖節甚當。不然，則靖節亦有意與作者爭衡耳。且如士衡諸公《擬古》，皆各有所擬，靖節《擬古》何嘗有所擬哉？斯可見矣。

> 靖節惟《擬古》及《述酒》一篇中有悼國、傷時之語，其他不過寫其常情耳，未嘗沾沾以忠悃自居也。[38]

以及陶澍（1779-1839）《靖節先生集‧卷四》〈擬古〉題下引劉履曰：

---

[38] 〔明〕許學夷：《詩源辨體》，吳文治主編：《明詩話全編‧第六冊》（南京：江蘇古籍出版社，1997年12月），頁6121。

> 凡靖節退休之後，類多悼國傷時託諷之詞。然不欲顯斥，故以
> 擬古，雜詩名其篇云。[39]

對於陶淵明究竟有多少具備「悼國、傷時」寄託的詩作，兩人雖有不同的看法，但卻都認同〈擬古九首〉屬於這一類的作品。方祖燊曾指出，歷代評論者大多抱持此一類似觀點：

> 宋、元、明、清以來研究評說陶詩的人，十之八九，如湯漢、
> 吳師道、何孟春、徐師曾、許學夷、黃文煥、程穆衡、沈德
> 潛、邱嘉穗、吳瞻泰、馬璞、溫汝能、翁同龢、孫人龍、陶
> 澍、陳沆、吳汝綸、鄭文焯、梁啟超等人，都以為擬古九首全
> 部或部份的作品，是在晉禪宋代之後所作，用以寄託他故國黍
> 離、世事多變、友情不終的悲憤與感慨。[40]

只有如：何孟春（1474-1536）、何焯（1661-1722）、張玉穀等少數文人，提出不同理解。[41]而近代學者如：古直（1885-1959）、王瑤、逯欽立（1910-1973）、龔斌等人，亦抱持類似的看法。[42]可見以「悼國傷時託諷之詞」來詮釋這組詩，似乎是目前多數人的共識。但觀察這些文人學者的推論，其實多是以陶淵明的生平比附，並沒有其他相關

---

39 陶澍注：《靖節先生集・卷四》（臺北：華正書局，1975年5月），頁1。

40 方祖燊：《陶潛詩箋註校證論評》（臺北：臺灣書店，1988年10月），頁48-49。

41 請詳見龔斌校箋：《陶淵明集校箋・卷四》（上海：上海古籍出版社，1999年12月），頁288。

42 這些學者的觀點，可參見古直：《陶靖節年譜》，收入〔宋〕王質等撰、許逸民校輯：《陶淵明年譜》（北京：中華書局，1986年4月），頁207；逯欽立：《陶淵明集》（臺北：里仁書局，1981年11月），頁109-114；龔斌：《陶淵明傳論》（上海：華東師範大學出版社，2001年3月），頁58；袁行霈：《陶淵明集校注》（北京：中華書局，2005年8月），頁318。

的證據可供確認，因此，對於這些詮釋的效力，也有部分學者提出質疑，如：龔斌雖然認同寄託之說，但也認為以此說詮釋雖「有助於理解此詩寓意。但若稱每首詩均寓易代之感，恐亦未必然。」[43]態度上已有所保留。方祖燊更是直接批評：「原來是很容易了解的詩篇，因給加上這種慨歎禪革的大旨，看做比喻託諷，而作種種之穿鑿附會，斷章取義的解說，反難通篇貫通理解了。」[44]袁行霈則認為：

> 余反覆觀此九詩，內容凡五類：一、友情與交往……二、懷念古今之賢人……三、功名難以持久……四、人生易逝……五、別有寓意……除其九或許寓有易代之感外，其他八首均係古詩之傳統題材，無關易代也。即如其九，亦有他說……由此觀之，未可輕易將此詩統統繫於宋初，首首坐實為劉裕篡晉而發。「擬古」者，模擬之作也。雖如方東樹所說：「是用古人格作自家詩。」（《昭昧詹言》）然終以不離古詩之氣格為佳，不必如〈述酒〉之寄託易代之慨也。[45]

袁行霈將這九首詩依內容分為五類。除了第九首〈種桑長江邊〉比較可能具有寄託易代之感外（他自己則在此詩的「析義」時，認為只是「直述而已，何必有所喻指」）[46]，其他都是古詩的傳統題材。由此推之，〈擬古〉之題就有合理性。而「擬古」既是模擬古詩，自然是以

---

43 龔斌校箋：《陶淵明集校箋·卷四》，頁273。

44 方祖燊：《陶潛詩箋註校證論評》，頁49。

45 袁行霈：《陶淵明集校注》，頁319。

46 然而，袁行霈在此首詩的「析義」中，又說「各家或曰喻指恭帝，或曰喻指司馬休之，或曰喻指桓玄，多牽合『三年』之數。其實『三年』者，乃種桑至采桑葉，所需之時間也。直述而已，何必有所喻指？余以為此詩乃自述之辭……既生不逢時，又不善處世，故難免困苦。」袁行霈：《陶淵明集校注》，頁338。

「不離古詩之氣格為佳」，如此，才是完全模擬到位的擬古詩。這也就是《文心雕龍》〈鎔裁〉所說的「設情以位體」[47]的情形。作品中的情感，是依據文體而定的，這也與前面所說的文體「客觀規範性」一致。以袁行霈所論之第九首〈種桑長江邊〉為例：

> 種桑長江邊，三年望當採。枝條始欲茂，忽值山河改。柯葉自摧折，根株浮滄海。春蠶既無食，寒衣欲誰待？本不植高原，今日復何悔。

此詩為此組詩的最後一首，常被視為深有寄託之義。然而，僅是第二句「三年」的解釋，便眾說紛紜。諸家之說，據袁行霈的討論，至少可分為三種說法：一、喻晉恭帝遭劉裕逼禪而廢之事；二、喻司馬休舉兵對抗劉裕之敗亡；三、喻指本寄望桓玄可中興晉室，然其卻篡晉且敗亡一事。[48]無論是哪一種說法，皆是以「三年」之數為基準，在史書中尋求解答。只是，雖然都已先認定此詩有「悼國」之寄託，卻仍舊莫衷一是，可見要確指詩中的寄託為何，實非易事。細觀此詩，之所以常被視為具有「悼國」之寄託，恐怕是「忽值山河改」一句。此句很容易讓人聯想到《世說新語‧言語‧第三十一》的記載：

> 過江諸人，每至美日，輒相邀新亭，藉卉飲宴。周侯中坐而嘆，曰：「風景不殊，正自有山河之異！」皆相視流淚。唯王丞相愀然變色，曰：「當共戮力王室，克復神州。何至作楚囚

---

47 〔南朝梁〕劉勰著、周振甫注：《文心雕龍注釋》（臺北：里仁書局，1998年9月），頁615。

48 袁行霈：《陶淵明集校注》，頁337。

相對？」[49]

從這個角度來看，則「山河改」與「山河之異」之義類同。故「柯葉自摧折」底下幾句，也就理所當然的指「東晉宗室勢力殆盡，朝廷無有依靠」[50]，以及「以春蠶無食、寒衣無待況之」。[51]

　　然而，此詩若不從外緣的社會背景詮釋，其實也能很清楚的理解詩義。植桑的目的，本是為了養蠶，進而取絲製衣。「三年」是指「自種桑至采桑葉，所需的時間」[52]；「山河改」是指種植於河邊的弊端，一旦江洪氾濫，桑樹自是無存，無桑則無以養蠶，無以養蠶則取絲製衣即成空言；最後說「復何悔」並不是不在意，反而顯出了極度後悔的心態。如此解詩，雖然在詮釋效力上，較無疑義，但平淡無奇，甚至還可能減損了此詩之價值，這或許便是諸家註解不願意單就詩表面之義詮釋的原因。不過，我們若是從文體的「客觀規範性」來看，則此詩之「擬古」，顯然十分成功，與東漢末年的「古詩」之作，在不見斧鑿痕跡的詞句、自然真切的情感等整體風格上，頗為吻合。由此處觀之，則此詩的價值亦可彰顯。

　　當然，我們無法完全否定陶淵明在此組詩中隱藏託諷之意的可能，但卻可以顯見其詩作中擬古的樣態、風格。因此，無論此組擬作詩有沒有陶淵明的寄託，都無損其從文體「客觀規範」中所得到的評價。而在尚未發現情志寄託的確切證據前，從文體的「客觀規範」進行詮釋，應是最無異議且能突顯這組詩價值與意義的方式。

49　〔南朝宋〕劉義慶撰、〔南朝梁〕劉孝標注：《世說新語》（北京：中華書局，1999年2月），頁57。
50　龔斌校箋：《陶淵明集校箋·卷四》，頁286。
51　〔清〕丁福保著：《陶淵明詩箋注》（臺北：泰華堂出版社，1975年4月），頁141。
52　袁行霈：《陶淵明集校注》，頁338。

（二）謝靈運〈擬魏太子鄴中集詩八首〉

從前一節所提葉夢得的觀點來看，謝靈運〈擬魏太子鄴中集詩八首〉之詩作，便是一組透過模擬鄴下諸子之作，以達到學習「侍宴」體的成果，故可以說是一組設想他人之情、揣摩他人之辭的標準「擬作」詩。然而，因為詩題中有「鄴中集」之名，但在六朝相關的史書及其他文獻，卻沒有明確記載，所以謝靈運這組詩究竟是模擬《鄴中集》一書中的作品，還是模擬參與「鄴中集會」的文人，一直是爭論不休的議題。[53]但無論是模擬哪一個，鄴下諸子在作品中所呈現的「體貌」，仍舊是擬作者謝靈運所必須遵循的客觀規範。

舉例來說，這組詩的〈總序〉說道：

> 建安末，余時在鄴宮，朝遊夕讌，究歡愉之極。天下良辰美景，賞心樂事，四者難幷。今昆弟友朋，二三諸彥，共盡之矣。古來此娛，書籍未見，何者？楚襄王時，有宋玉、唐景。梁孝王時，有鄒、枚、嚴、馬。遊者美矣，而其主不文。漢武帝時，徐、樂諸才，備應對之能，而雄猜多忌，豈獲晤言之適！不誣方將，庶必賢於今日爾。歲月如流，零落將盡，撰文懷人，感往增愴。

這明顯是模仿曹丕的口吻所寫，尤其是內文所追憶的場景，馬上可以

---

53 相關討論可參見梅家玲：〈漢晉詩賦中的擬作、代言現象及其相關問題〉，頁5；孫明君：《兩晉士族文學研究》（北京：中華書局，2010年7月），頁201；許銘全：〈謝靈運〈擬鄴中集八首並序〉中的文學批評義涵——兼論擬作中的抒情自我問題〉，《清華中文學報》第十二期（2014年12月），頁55-56；宋威山：〈謝靈運《擬魏太子鄴中集》詩旨再探〉，《四川師範大學學報（社會科學版）》第42卷第2期（2015年3月），頁126-128。

讓人聯想到曹丕〈與朝歌令吳質書〉所說的「南皮之遊」,「良辰美景,賞心樂事」即是「妙思六經,逍遙百氏;彈碁閒設,終以六博,高談娛心,哀箏順耳。馳騁北場,旅食南館,浮甘瓜於清泉,沈朱李於寒水」[54]這些娛樂活動,同樣也是其〈芙蓉池作詩〉中「乘輦夜行遊,逍遙步西園。雙渠相溉灌,嘉木繞通川。卑枝拂羽蓋,脩條摩蒼天。驚風扶輪轂,飛鳥翔我前。丹霞夾明月,華星出雲間」所呈現的快意生活。而「歲月如流,零落將盡,撰文懷人,感往增愴」的情感,亦與〈與吳質書〉「何圖數年之間,零落略盡,言之傷心。頃撰其遺文,都為一集」[55]相同。由此可見,〈總序〉應是模擬曹丕在鄴下諸子「零落將盡」後,一邊懷想「南皮之遊」時的愉悅,一邊對「歲月如流」的感傷。底下所擬的〈魏太子〉詩,也是如此:

> 百川赴巨海,眾星環北辰。照灼爛霄漢,遙裔起長津。
> 天地中橫潰,家王拯生民。區宇既蕩滌,群英必來臻。
> 忝此欽賢性,由來常懷仁。況值眾君子,傾心隆日新。
> 論物靡浮說,析理實敷陳。羅縷豈闕辭,窈窕究天人。
> 澄觴滿金罍,連榻設華茵。急弦動飛聽,清歌拂梁塵。
> 莫言相遇易,此歡信可珍。

此詩後半段大致也是描寫「南皮之遊」的場景,與〈總序〉所表達的情感,互相呼應。至於前半段描述諸子如何群聚於此的過程,雖然不若後半段的描述般容易找到相應的作品,但從詩句「家王拯生民」、「群英必來臻」的描述,顯然是以主人的態度自居,故詩句所呈現之風貌,亦符合當時曹丕的身份及說話的語氣。將此詩對照後來江

---

54 曹丕:〈與朝歌令吳質書〉,〔南朝梁〕蕭統編、〔唐〕李善注:《文選》,頁1060。
55 曹丕:〈與吳質書〉,〔南朝梁〕蕭統編、〔唐〕李善注:《文選》,頁1061。

淹〈雜體詩〉中，所模擬的〈魏文帝曹丕〈遊宴〉〉一詩，便可更為
清楚：

> 置酒坐飛閣，逍遙臨華池。神飆自遠至，左右芙蓉披。
> 綠竹夾清水，秋蘭被幽崖。月出照園中，冠珮相追隨。
> 客從南楚來，為我吹參差。淵魚猶伏浦，聽者未云罷。
> 高文一何綺，小儒安足為。肅肅廣殿陰，雀聲愁北林。
> 眾賓還城邑，何用慰我心。

江淹的模擬，同樣是選取了鄴下文人群聚時的場景，雖然沒有謝靈運
〈魏太子〉前半段所描述的聚集過程，但描寫「遊宴」時的歡愉，卻
是一致。可見當時模擬曹丕的重點，多以其「遊宴」生活為主，謝靈
運並沒有完全脫離這個主軸。因此，「謝靈運是否模擬得當？」應是
評價此詩的首要部分，而歷來亦有許多文人針對此部分進行論析。[56]

　　這本是最基礎且沒有太多疑義的詮釋方式，但後世許多論述者，
認為此組詩還應有更深層的詮釋空間，亦即謝靈運自身的寄託，如顧
紹柏所言：

> 這一組詩，大概作於元嘉三年至五年（公元426-428年）。時靈
> 運在京任秘書監、侍中。……不受重用，意甚不平，蓋由此而
> 回憶起永初年間與廬陵王劉義真以及顏延之等朝夕相處的一段
> 美好生活，自不免感慨良多，遂擬詩八首以寄其意。詩序云：
> 「歲月如流，零落將盡，撰文懷人，感往增愴！」這分明是為

---

56 歷來正反面的評價，論述可參見宋威山：〈謝靈運《擬魏太子鄴中集》詩旨再探〉，
　　頁126。

義真遇害而發。[57]

將劉義真（407-424）比擬為曹丕，把自己及顏延之（384-456）比擬
為鄴下諸子，藉此懷想以往受到賞識時的美好生活，並暗喻現在的不
受重用。此說雖無不可，也的確能增加詩的深層涵義，但可惜缺乏直
接的證據，將詩編於此段時間，應該也是從謝靈運此時寫了一些哀悼
劉義真的作品（〈過廬陵王墓下作〉、〈廬陵王誄〉），故推斷之。而且
顧紹柏以〈詩序〉所云而得出「為義真遇害而發」，更容易啟人疑
竇，因為〈詩序〉明顯為曹丕的立場及口吻，如將劉義真比擬為曹
丕，則何以能由「撰文懷人」聯想至劉義真的遇害？可見這樣的說
法，恐有些疑慮。因此，游移於兩者之間的論述，便在有意無意間出
現了。

　　以鄧仕樑〈論謝靈運《擬魏太子鄴中集詩》〉一文為例，從其詮
釋這組詩的過程，就可以發現為了兼顧擬作詩與情志寄託而產生的問
題。鄧仕樑首先提到：

　　　　如果說大謝刻意擬建安詩，目的在豐富自己的創作經驗，以便
　　　　形成個人風格，是不難接受的。當然遍擬《鄴中集》八人之
　　　　作，也可能要證明自己的才華，擬哪一家就是哪一家。

從這一段來看，鄧仕樑認為謝靈運的刻意模擬，可能是為了「豐富創
作經驗」和「證明自己才華」。這兩種說法正是從創作擬作詩的角
度，所提出的可能性。不過，他接著又說：

---

57 顧紹柏：《謝靈運集校注》（河南：中州古籍出版社，1987年8月），頁137。

　　讀這一組詩，不宜附會過多，但讀者固未嘗不可以假設大謝在有意無意間抒發個人的感懷。

詮釋詩歌不宜附會，本是當然，但特別提出「不宜附會過多」之說，就令人費解了──究竟要到哪種程度的「附會」，才能被接受？抑或是，以「附會」解詩，能不能被接受？恐怕都會引起爭論。而「假設」固然可以作為詮釋的前提，但要成為「結論」，就必須有確切的證據及詳實的論證過程。因此，若要「假設」謝靈運有抒發個人情懷的意圖，則必須對此假設提出足夠的論證，方能免於「附會」之議。但據鄧仕樑結語：

> 擬詩的感懷，是一般的指士不見知，還是特為廬陵而發，恐難確證。何焯以為「當是廬陵周旋時所擬」，固有相當理由，不過也不能排除大謝作於早歲摹擬用功於五言的可能性。[58]

直接認為「士不見知」或「為廬陵而發」之論，即便有「相當理由」，亦「恐難確證」，故對於此組詩的詮釋結果，又回到了最初所認為，也可能是謝靈運早年摹擬用功之作的說法。

　　由此可知，這些看似游移兩端，而且充滿不確定性的現象背後，都顯示了要證明這類詩具有實質的寄託義，確實非常困難。詮釋者最多只能藉由假設、比對作者身世的途徑，才能得到無法完全確認的結論。而這些結論又往往成為各說各話的情形，持不同意見者，也很難說服對方。而且因為立論根基不穩，隨時可能被人反駁，一旦出現新

---

58 鄧仕樑：〈論謝靈運《擬魏太子鄴中集詩》〉，《魏晉南北朝文學論集》（臺北：文史哲出版社，1994年11月），頁108、112、114。

的說法,也容易被取代。但即使如此,多數詮釋者始終還是認為尋求作者的寄託深意,才是詮釋的第一要務,從擬作這種文體所具有的「客觀規範性」進行詮釋,相對顯得不太重要。

　　相較之下,梅家玲對於此組詩的詮釋,則是另一種情形。即使梅家玲十分清楚擬作詩的「命意造句,亦多符應於該文本的體格風貌,不宜逾越」(前述所引梅家玲之語),但仍試圖透過解釋創作動機,將謝靈運自身的情感置入詩中:

> 綜觀其(指謝靈運)一生際遇,及其他的詩文作品,其在心境、情懷上與魏文,以及鄴中諸子互映互照、相惜相契之處,則多有可見。……由於際遇上的若合符契,《鄴中集》似乎使靈運在其中看到了「自我」的若干面向。……而產生欲置身於彼一時代,並進行「近似的再演」的意念。[59]

不過,另一方面,梅家玲也從擬作詩的角度出發,認為〈擬魏太子鄴中集詩八首〉是經過謝靈運對建安時期政治社會的觀察與體會,以及對於鄴下文學集團的想像後,寫出了鄴下諸子因受限於時空,而無法「自覺」的深刻內涵:

> (擬作)不唯可以「逼近」原作,並且還可能體現出比原作更豐富的內涵。……真正的鄴下諸作,其所充斥者,盡是大規模的朝遊夕宴、賓主交歡;在其中,我們看不到諸子殊異的身世懷抱,也不盡然了解其「所以」會如此感激恩榮的緣由。其原因,自是當事者為其本身所處的時空所限,故所著眼者,僅為

59　梅家玲:〈漢晉詩賦中的擬作、代言現象及其相關問題〉,頁29-30。

一時一地一人的感懷。但靈運，則於「外在於他者」的位置，
看到了「他」之所不能看——也是就當事人不易「自覺」的、
彼此互動的因由，以及個體生命和整體時代間的轇輵。[60]

這個說法特別強調了擬作者所具備的「全能視角」，所以才能超越時
空而貼近原著者的心靈及精神，可說是細膩的說明了擬作詩所具有的
特色與優點。除此之外，梅家玲認為可以透過小序及詩作的相互比
較，得出以下看法：

> 以群聚同歡的鄴下之會為軸心，再向外依次輻射出魏文及七子
> 不同的身世懷抱。其間，軸心所凝聚的，是朝游夕宴、鄴宮當
> 下的群體生活情態，輻射出去的，則是個人襟抱互異、際遇分
> 殊的過往滄桑。[61]

這種匠心獨具的美感，自然是呈現了謝靈運在擬作上的用心與細膩，
才能將前人詩作的「體貌」，展現得淋漓盡致。最後，梅家玲綜合了
這兩種觀點，進一步提出擬作詩不僅僅是一種「學習屬文」、「嘗試與
前人一較長短」或是「遊戲」的創作，同時也是一種「『以生命印證
生命』的驗證活動」[62]。「以生命印證生命」的說法，是指擬作者發現
前人的作品中，具有與自身生命經歷高度相似性的情形後，藉由擬作
詩的創作，以抒發、宣洩自身生命經歷的感受。這種詮釋方式自然就
偏向於透過知人論世以尋求情志寄託。

　　當然，這種詮釋途徑並沒有問題，若能找到相對應的證據，必定

---

60 梅家玲：〈漢晉詩賦中的擬作、代言現象及其相關問題〉，頁42。
61 梅家玲：〈漢晉詩賦中的擬作、代言現象及其相關問題〉，頁23。
62 梅家玲：〈漢晉詩賦中的擬作、代言現象及其相關問題〉，頁53、54。

更能豐富詩作的內涵。但就目前的研究成果而言，若要證明謝靈運想
透過擬作，將自身的生命與前人的生命相互印證時，卻僅能透過間接
的方式，對比謝靈運與鄴下諸子的身世，才能得出其擬作「亦未嘗不
是在同情共感的作用下，對他人、他物之生命體驗的詮釋與印證」的
結論。[63]可知這種說法其實比較接近「默會感知」的方式，[64]若要證
明兩者之間的聯繫，恐怕還需要更多相對客觀的證據。而且，正也是
因為缺乏一種具有客觀且普遍共用的詮釋方式，所以並非所有讀者皆
可以產生相同的理解，前面所引的葉夢得即是如此。

　　這裡並非想要取代前人之論述，而是希望藉由詮釋方式的探討，
提出「詩之價值與意義，並非只有一種可能」。尤其是擬作詩，若是
從文體「客觀規範性」的角度討論，其實同樣能彰顯其價值與意義，
而且還能避免在缺乏充分證據時，使用作者情志寄託的詮釋方式，所
產生的過度詮釋與臆測。

（三）江淹〈雜體詩三十首〉

　　江淹的〈雜體詩〉共有三十首，雖名為「雜體」，但實可視為一
組「擬作詩」。從三十首詩的題目來看，除了第一首題為〈古離別〉，
沒有具體的姓名外，其他首詩在題目中，皆指名道姓，甚至還具體說
明寫作的場合、情境，而且這些情境大多是被模擬者留名後世的作
品。例如：〈李都尉陵從軍〉明顯模擬掛名李陵的〈與蘇武三首〉，內
容皆寫李陵（？-西元前74）送別蘇武（西元前140-西元前60）的心
情；〈班婕妤詠扇〉則是模擬班婕妤的〈團扇詩〉，藉扇以詠情。其他

---

63 梅家玲：〈漢晉詩賦中的擬作、代言現象及其相關問題〉，頁56。
64 顏崑陽：「『默會感知』，只是提供了兩個主體相互理解內在情志的行動樣態，實在
　　沒有一套客觀的、普遍的、有效的規範，以指導我們的理解活動。」〈《文心雕龍》
　　「知音」觀念析論〉，頁202。

像〈魏文帝曹丕遊宴〉、〈陳思王曹植贈友〉、〈劉文學楨感懷〉、〈王侍中粲懷德〉、〈嵇中散康言志〉、〈阮步兵籍詠懷〉……等詩的模擬模式，皆是如此。這與謝靈運〈擬魏太子鄴中集詩八首〉的擬作方式，幾近相同。

　　江淹模擬前人之作，除了〈雜體詩三十首〉之外，尚有〈學魏文帝詩〉、〈效阮公詩十五首〉，可見其對於擬詩之重視。也因為大量的模擬前人詩作，導致後人對其詩歌整體的評價，常從模擬的角度出發。如：鍾嶸評其：「詩體總雜，善於摹擬。」[65]嚴羽亦云：「擬古惟江文通最長。」[66]從這些評論，大致可以看出江淹的確擅長擬作之道。而古代文人也多是從擬作與原作之間的相似程度，對江淹的擬作詩進行評論。但到了近代，文人學者卻「較多關注江淹這類詩寫作的時代背景，及其在擬作中注入的政治寄託和個人感慨」。[67]近代學者從政治寄託和個人感慨這種情志寄託的角度詮釋，雖可擴大詩作的意義，但與其在〈雜體詩序〉中所指出的創作動機顯然有別：

> 然五言之興，諒非敻古，但關西鄴下，既已罕同；河外江南，頗為異法。故玄黃經緯之辨，金碧浮沈之殊，僕以為亦各具美兼善而已。今作三十首詩，斅其文體，雖不足品藻淵流，庶亦無乖商榷云爾。[68]

可見這些詩，皆是江淹為了區分不同時期、不同詩人的五言詩作法與

---

65 〔南朝梁〕鍾嶸著、王叔岷箋證：《鍾嶸詩品箋證稿》，頁298。

66 〔宋〕嚴羽著、郭紹虞校釋：《滄浪詩話校釋》（臺北：里仁書局，1987年4月），頁191。

67 葛曉音：〈江淹「雜擬詩」的辨體觀念和詩史意義──兼論兩晉南朝五言詩中的「擬古」和「古意」〉，《晉陽學刊》2010年第4期（2010年7月），頁87。

68 參見逯欽立：《先秦漢魏晉南北朝詩》，頁1569。

特色,並述其流變,故而效仿前人「文體」的模擬之作,以顯示其觀
點。這裡所說的「文體」,應該就是指被模擬者的「體貌」。此誠如曹
道衡所言:

> 根據這段話來看(指〈雜體詩序〉),他寫作這三十首詩的目
> 的,似乎在於通過模仿各家的代表作,來顯示他們各自的特
> 色。[69]

關於江淹的擬作選材與原作之關聯性,可以班婕妤〈團扇詩〉與
江淹〈班婕妤詠扇〉為例:

> 新製齊紈素,皎潔如霜雪。裁作合歡扇,團團似明月。
> 出入君懷袖,動搖微風發。常恐秋節至,涼風奪炎熱。
> 棄捐篋笥中,恩情中道絕。(班婕妤〈團扇詩〉)

> 紈扇如團月,出自機中素。畫作秦王女,乘鸞向煙霧。
> 彩色世所重,雖新不代故。竊愁涼風至,吹我玉階樹。
> 君子思未畢,零落在中路。(江淹〈班婕妤詠扇〉)

班婕妤〈團扇詩〉前四句從團扇潔白的顏色、高級的材質,以及似月
的形狀著手,當然也是藉此象徵自己;接著,透過團扇在夏日時隨時
在側,秋節時收至箱中的情況,比喻自己擔心未來也會如同團扇的境
遇。全詩自然平順、淺顯易懂,卻又不失詩之韻味。而〈班婕妤詠

---

69 曹道衡:〈論江淹詩歌的幾個問題〉,《中古文學史論文集》(北京:中華書局,1986
年7月),頁265-266。

扇〉基本上也順此脈絡，只是將〈團扇詩〉前四句濃縮為兩句，然後
增加了「蕭史弄玉」[70]的典故，以及流行之彩色團扇無法取代潔白的
團扇，強調彼此關係之密切。最後四句，再回到〈團扇詩〉的敘述脈
絡。〈班婕妤詠扇〉雖然在用詞上，明顯雕琢許多，但在整體的意象
及脈絡上，幾乎亦步亦趨的模擬〈團扇詩〉，也確實能感受到班婕妤
〈團扇詩〉所呈現的「體貌」。

　　葛曉音認為：

> （江淹）每個作家僅擬其一種題材，並非因為該作家僅有這種
> 題材，而是指該種題材為某作家最擅長，有的是首創。不少是
> 二者兼而有之，如班婕妤之詠扇，潘岳之述哀，陸機之羈宦，
> 張協之苦雨，殷仲文之興矚，謝混之遊覽，陶淵明之田居，謝
> 靈運之遊山，王微之養疾等，既是該種題材的開創者，又有該
> 種題材的代表作。有的雖非其開創，但該種題材也因該作家的
> 成就而成為大宗，如魏文帝的遊宴、左思的詠史、阮籍的詠
> 懷，郭璞的遊仙、顏延之的侍宴等。因此江淹所擬該作家的題
> 材往往具有對後世的示範意義，從而被後世尊為一種「體」。
> 江淹30首擬作對於作家之「體」的把握，角度不完全相同。意
> 象是最明顯的辨體的一個視角，其做法一般是將作家多首詩的
> 內容加以綜合，並選擇其最典型的意象加以重組，使擬作能大
> 致形似，甚至神似。

---

70 李善《文選》注引《列仙傳》：「蕭史者，秦繆公時人。善吹簫。繆公有女，字弄
　玉，好之。公遂以妻焉。一旦皆隨鳳皇飛去。」〔南朝梁〕蕭統編、〔唐〕李善注：
　《文選》，頁805。

江淹雜擬詩是一組通過擬詩形式表明其辨體意識和詩史觀念的
特殊作品。[71]

葛曉音不以詩中是否具有情志寄託的角度探討，轉而從文體觀念切
入，不僅掌握了江淹擬作詩的特色，也顯示了擬作詩的確可以具有不
同於情志寄託的價值和意義。

　　由以上的討論可知，在擬作詩中尋求作者的寄託，並不是一件容
易的事。強行賦予作者情志於其中，只會在詮釋時產生更多的歧見及
困擾。林文月曾經試圖說明部分擬古詩的詩人，仍舊可以融合二者於
詩中：

　　　　一方面摹擬前人之內容、語氣，卻又一方面或寓意寄託（按：
　　　　指陶淵明「擬古」九首、鮑照「擬代」諸篇），或綜論批判
　　　　（按：指謝靈運「擬魏太子鄴中集詩」八首、江淹「雜體詩」
　　　　三十首），出於單純習作之目的者甚少，反倒是各家的寫作技
　　　　巧成熟之後，嘗試與前人一較長短的傾向更濃厚。[72]

同樣是擬古之作，但有些詩可能是「寓意寄託」，有些詩可能是「縱
論批判」，有些詩又可能是「嘗試與前人一較長短」。這些說法看似點
出了在創作與詮釋擬作詩時，無限的可能性，但其實只是讓問題又回
到原點：眾人各說各話、莫衷一是的詮釋。除此之外，也沒有說明，
擬作者如何能夠一方面用前人之內容和語氣，來寄託自身的想法，一
方面卻還能被視為優秀的模擬之作。

---

71 葛曉音：〈江淹「雜擬詩」的辨體觀念和詩史意義——兼論兩晉南朝五言詩中的
　　「擬古」和「古意」〉，頁90、95。
72 林文月：〈陸機的擬古詩〉，頁156-157。

　　除了前面所討論的例子外，謝道韞模擬嵇康（223-262）詠松的〈擬嵇中散詠松詩〉，也可以突顯這類論述的問題：

　　　　遙望山上松，隆冬不能凋。願想游下憩，瞻彼萬仞條。
　　　　騰躍未能升，頓足俟王喬。時哉不我與，大運所飄颻。

此詩明顯以嵇康〈遊仙詩〉為模擬藍本：

　　　　遙望山上松，隆谷鬱青蔥。自遇一何高，獨立迥無雙。
　　　　願想遊其下，蹊路絕不通。王喬棄我去，乘雲駕六龍。
　　　　飄颻戲玄圃，黃老路相逢。授我自然道，曠若發童蒙。
　　　　採藥鍾山隅，服食改姿容。蟬蛻棄穢累，結友家板桐。
　　　　臨觴奏九韶，雅歌何邕邕？長與俗人別，誰能覩其蹤。

將兩首詩對照來看，謝道韞除了減少句數外，還在題目上特別強調嵇康「詠松」部分，不但重複嵇康〈遊仙詩〉第一句「遙望山上松」，還把此句作為題目的發想，將整首詩從遊仙轉變為詠物。而後又以詠物體的方式，寄託「時哉不我與，大運所飄颻」的感嘆。謝道韞在「體貌」上盡力揣摹嵇康，不管是修辭或語氣，也都具有一定的水準。但在這首詩裡，透過詠松而產生的寄託與感慨，究竟是誰的情感？是謝道韞的情感？還是謝道韞模擬嵇康之情感？由於嵇康原詩本為遊仙詩，所以應該不會是嵇康原詩所展現之情。謝道韞與嵇康的生平遭遇相差很多，若要說是謝道韞想透過嵇康來寄託情志，似乎也勉強了些。因此，若要從情志寄託的角度討論，就會遇到很多難以通貫的問題。不過，若是從文體批評的角度來看，嵇康是否真的有「詠松」之事？是否真的有深情感嘆？謝道韞是否有所寄託？抑或只是謝

道韞在模擬時所發揮的想像？……凡此種種均非欣賞這首詩的重點。只要能夠讓讀者感覺此詩所展現的「體貌」，就像出自於嵇康之手，即使所有讀者都清楚知道是謝道韞刻意模擬之作，即使內容所述的事蹟與情感，並不一定真實的發生過，這都無損於此詩作的價值。而這也正是由文體論角度來探究擬作詩的意義。

第二節　論六朝代言詩的價值歸屬
　　　　──從遊戲性與技藝性的角度切入探討

所謂的代言詩，就是代人立言的詩作。梅家玲認為：

> 「代言」，則是「代人立言」，所代言的內容和形式俱無具體規範可循，於是只能根據自己對於所欲代言之對象的了解，以「設身處地」、「感同身受」的方式，來替他說話。[73]

梅家玲所說的「內容和形式俱無具體規範可循」是相對於擬作詩而言，指出因為沒有作品的「體貌」可供依循，所以必須要設身處地、感同身受的代人寫作。不過，如果要代人立言，就必須以這個對象在其整體的生命歷程中，所展現之心境、語言習慣、行為模式等個人風格，作為唯一的標準，才能準確的化身為對方，所以仍有具體規範可循，只是遵循的對象從文體轉變為個人。龔鵬程對此說得更為清楚：

> 若屬代作，更要假設自己就是另一個人，以那個人的聲口身分說話，似演戲一般。[74]

---

73 梅家玲：〈漢晉詩賦中的擬作、代言現象及其相關問題〉，頁11。
74 龔鵬程：《中國文學史·擬古而生的創造》，頁205。

以演戲來指稱代言，可說是掌握了代言的關鍵所在。化身為另一個人來寫作，的確就像是演戲一般，使用的詞彙、語氣、風格，以及描述的事蹟、行為，甚至是展現出的情志，都不是書寫者自身真實的生活，純粹只是一種「角色扮演」。至於所代之人的範圍，涂光社亦有說明：

> 「代」一般是代人抒寫心聲，所代之人不一定是詩人，甚至可能是沒有作品也不會寫作的人。[75]

從許多代言詩作來看，確實如涂光社所說，所代之人並沒有一定的範圍，不論學識、地位的高低，甚至是性別的不同，都可以成為被代言的對象。

　　既然代言就像「角色扮演」一樣，必須設想自己成為他人，那麼當我們詮釋代言詩時，若是使用傳統情志寄託的觀點，便會產生一個關鍵的問題：詮釋出來的情志寄託，究竟是歸屬於作者？還是所代之人？若是情志寄託屬於作者，那麼此詩就不符合代人立言的規範，因為詩中所展現的情志與所代之人無關；若是屬於所代之人的情感，那麼所呈現的情志又與作者無關，以書寫者的情志寄託，來尋求詩之價值與意義的方式，也就失效了。由此可見，以情志寄託之觀點來詮釋代言詩，似乎容易產生一些問題。由於代言詩如同「角色扮演」，在創作上應與文學的遊戲性與技藝性有一定程度的關聯，因此，本節擬從此角度著手，試著討論六朝代言詩較為合適的詮釋途徑。

---

75 涂光社：〈漢魏六朝的文學模擬——從六朝文學的「擬」「代」談起〉，頁37。

一 六朝文學的遊戲性、技藝性與代言詩

劉勰《文心雕龍・明詩》云：

> 若夫四言正體，則雅潤為本；五言流調，則清麗居宗，華實異
> 用，惟才所安。……離合之發，則萌於圖讖；回文所興，則道
> 原為始；聯句共韻，則柏梁餘製。巨細或殊，情理同致，總歸
> 詩圃，故不繁云。[76]

文中所提到的「離合」、「回文」、「聯句」這些類型的詩作，多少都帶
有遊戲性質，也可以說是一種展現作者才氣的文字遊戲。以「離合」
為例，孔融（153-208）有〈離合作郡姓名字詩〉，此詩共二十二句，
解讀此詩的重點即在於：透過析字組合之法，尋求出其所隱藏的「魯
國孔融文舉」六字；另外，像潘岳（247-300）〈離合詩〉的二十四
句，同樣也是在詩中隱藏了「思楊容姬難堪」六字，必須透過析字組
合之法後，方能展現。至於順讀、倒讀皆能有詩義的「回文」，以及
眾人即席共寫對句的「聯句」，亦是如此。

　　即使這些詩的內容或有隱含作者的情志，但明顯都是以作者寫詩
的能力與技藝為主，展現作者巧思的創作類型。劉勰將這些類型之
詩，與被視為「雅潤正體」的四言詩和「清麗流調」的五言詩並舉，
認為各類型之間雖有差異，但殊途同歸，皆可歸屬於詩體之中。可見
他對於詩這個「文體」的觀念是多元化的，應該不僅僅只有情志一
途。故相對於後世文人常常強烈抨擊這類詩作是「詩道之下流，學人
之大戒」，[77]劉勰並沒有批評及斥責。這種將詩視為一種遊戲、技藝的

---

76 〔南朝梁〕劉勰著、周振甫注：《文心雕龍注釋》，頁85。

77 〔明〕胡應麟：「詩文不朽大業，學者雕心刻腎，窮晝極夜，猶懼弗窺奧，而以游

說法，在鍾嶸的〈詩品序〉中，更為清楚：

> 至若詩之為技，較爾可知。以類推之，殆均博弈。[78]

　　鍾嶸指出「詩之為技，較爾可知」，可見他已將詩當成是一種技藝。而且肯定的說出「較爾可知」，亦可推論當時文人對於此種說法，應是一種共識。接下來，鍾嶸又以博弈來比擬詩歌，更能夠見出在鍾嶸的觀念裡，遊戲性與技藝性是詩不可或缺的一部份。可見六朝文人並沒有完全排斥將詩歌視作「技藝」與「遊戲」的觀念。對於詩的認知，一方面可以存在著情志寄託，另一方面也可以著重其技藝性與遊戲性。只是情志寄託後來成為文學批評的主流，技藝性與遊戲性則隱藏在主流之下。六朝文人既然也將創作詩歌視為一種技藝和遊戲，那麼產生與他人一較長短的情形，就在所難免了。在互爭高低的遊戲競技下，以文字技巧決勝負成為常見之事，至於詩的內容是否與作者的情志寄託有關，就不一定是最重要的部分了。

　　從實際的創作來看，六朝具有技藝和遊戲性質之詩作，並不算太少。本文所討論的代言詩即是其中一類。舉例來說：曹丕和曹植曾以「同題共作」[79]的方式，各寫了一首〈代劉勳妻王氏雜詩〉：

戲費日可乎？孔融〈離合〉、鮑照〈建除〉、溫嶠迴文、傅咸集句，亡補於詩，而反為詩病。自茲以降，摹倣實繁，字謎、人名、鳥獸、花木，六朝才士集中，不可勝數。詩道之下流，學人之大戒也。」《詩藪》（臺北：廣文書局，1973年9月），頁462。

78　〔南朝梁〕鍾嶸著、王叔岷箋證：《鍾嶸詩品箋證稿》，頁89。

79　朱錦雄：「所謂『同題共作』指的是由一人指定或眾人共同決定一個題目後，眾人再以此題各自寫作的創作方式。……『同題』點出了題目的一致性，『共作』包含了寫作的集體性與共時性。」較為詳細的討論，可參見朱錦雄：《六朝「詩歌遊戲化」現象研究》（新北：花木蘭文化事業有限公司，2017年9月），頁90-93。

> 翩翩牀前帳，張以蔽光輝。昔將爾同去，今將爾同歸。
> 緘藏篋笥裏，當復何時披？（曹丕）

> 誰言去婦薄，去婦情更重。千里不唾井，況乃昔所奉。
> 遠望未為遙，踟躕不得共。（曹植）

劉勳原為袁術部下，後投奔曹操（155-220）而任平虜將軍。詩題中所提及之王氏，即是劉勳的妻子王宋。關於此詩的創作背景，可見於《玉臺新詠》：

> 王宋者，平虜將軍劉勳妻也。入門二十餘年。後勳悅山陽司馬氏女，以宋無子出之，還於道中作詩。[80]

從《玉臺新詠》的記載大概可知，劉勳與王宋結縭二十餘年，但因為劉勳喜歡上了司馬氏女，便以無子為由，休了王宋。而王宋則在返家途中，寫詩以表心意。在作者部分，《玉臺新詠》以為是王宋自作，但後世文人及學者多不認同。就目前可見的史料而言，雖然無法確定曹氏兄弟的動機為何，但由曹氏兄弟替王宋代言發聲的可能性，確實較高。

再從詩的內容來看，曹丕之詩先以床帳為喻，點出男女之間的親密情感，再從「同去」、「同歸」顯出原本出雙入對、如膠似漆的恩愛。最後兩句「緘藏篋笥裏，當復何時披」，一轉先前的纏綿，轉而以床帳被收藏起來，暗喻男子薄情離去，但女子卻始終期盼男子歸來的深情。另一首曹植之詩，所表現的情感亦是如此，但寫法有些差

---

80 〔南朝陳〕徐陵編、〔清〕吳兆宜注、〔清〕程琰刪補、穆克宏點校：《玉臺新詠》（北京：中華書局，1999年11月），頁58。

異。曹植先從女子被拋棄寫起，開頭「誰言去婦薄，去婦情更重」二句，展現了婦人對於這段感情的不捨。「千里不唾井，況乃昔所奉」二句，則更進一步的表現「去婦情更重」之意：即使慘遭男子遺棄，婦人心裡的情感，卻絲毫未減。最後兩句則寫出了女子衷心盼望男子回心轉意，加深了女子悲傷的情感。

　　就表現的情感而言，兩首詩都可以讓我們感受到女子依依不捨及沉痛悲哀的複雜情緒。這自然也是題目〈代劉勳妻王氏雜詩〉「代」字的意義。因為代言之作，必須要化身為對方，以對方之情感、語氣寫詩，而這兩首詩的題目又顯示出明確且真實存在於當世的被代言者，所以我們可以確認詩中以女子口吻寫對男子的思念，應只是一種虛擬的想像，並非代言者自身的情感。也因為不是代言者的情感，故在不知道此詩為代言體的情形下，《玉臺新詠》會將此詩繫於王宋本人，也就不難理解了。當然，這也代表著曹丕代言的十分逼真，可說是一成功的代言詩。只是，詮釋者若想透過作者本意的觀念，嘗試從曹氏兄弟是否具有情志寄託切入，來解讀詩作，恐怕就不太適合了。再加上六朝詩歌「同題共作」的創作型態，本就存在著強烈的遊戲性與技藝性，所以這兩首代言詩，表面上具有傳達王氏心聲的用意，但其實或許更接近一種限定命題式的考試、競賽或遊戲，藉以展現自身之才。

　　類似的情形在曹丕身上，屢見不鮮。除了〈代劉勳妻王氏雜詩〉之外，曹丕還撰有〈寡婦詩〉：

　　　　霜露紛兮交下，木葉落兮淒淒。
　　　　候鴈叫兮雲中，歸燕翩兮徘徊。
　　　　妾心感兮惆悵，白日急兮西頹。
　　　　守長夜兮思君，魂一夕兮九乖。

　　悵延佇兮仰視，星月隨兮天迴。

　　徒引領兮入房，竊自憐兮孤棲。

　　願從君兮終沒，愁何可兮久懷。

此詩題下有〈序〉云：

　　友人阮元瑜早亡，傷其妻孤寡，為作此詩。[81]

清楚說明了創作動機。阮瑀（約165-212）是曹丕在南皮之遊時，重
要的成員之一，同時也是鄴下文學集團的一員，兩人交情深厚。此詩
題目雖無「代」字，但從〈序〉來看，曹丕應是因為有感於阮瑀的早
逝，並想到其妻孤寡之處境，而寫了此詩。再加上詩的內容是以第一
人稱的女子為主角，並透過外在景物逐步顯示出女子內心的傷感失
落，最後甚至表達「願從君兮終沒」的意願，強烈的展現了失去丈夫
後的悲哀、孤單及無助，所以仍舊可以看出，此詩是曹丕為阮瑀妻子
的代言詩作。另外，曹植亦有〈寡婦詩〉，雖然目前僅存兩句，亦沒
有〈序〉可供參考，但依曹丕與曹植的關係來看，很可能如同前述
〈代劉勳妻王氏雜詩〉一樣，也是同題共作下的產物。除此之外，曹
丕為阮瑀妻子所代言之作品，尚有以賦體撰寫的〈寡婦賦〉。而且根
據曹丕〈寡婦賦序〉中所云：

　　陳留阮元瑜，與余有舊，薄命早亡。每感存其遺孤，未嘗不愴
　　然傷心，故作斯賦，以敘其妻子悲苦之情，命王粲並作之。[82]

81　逯欽立：《先秦漢魏晉南北朝詩》，頁403。

82　〔清〕嚴可均：《全上古三代秦漢三國六朝文・全三國文・卷四》（北京：中華書
　　局，2009年2月），頁1073。

可知為阮瑀妻代言的動機與〈寡婦詩〉相同，也由此大致可確定〈寡婦賦〉與其所寫之〈寡婦詩〉應是同時期的作品。本來以曹丕和阮瑀的交情，阮瑀過世，曹丕悲憫其遺孤，亦為合情合理，但曹丕雖然「傷其妻孤寡」，卻沒有直接撰文以抒己情，反而是以代言的方式，藉由阮瑀寡妻之口陳述情緒。如此作法，雖能表現出阮瑀寡妻的悲苦之情，但在詩中所呈現的情感，即成為阮瑀妻思念阮瑀及其悲苦，而曹丕原本「傷其妻孤寡」的情感，反而無法顯露。若沒有〈序〉可供參酌，則詮釋者甚至無法確定曹丕寫作代言時的動機為何。除此之外，又為何同一種情緒要分別以詩體及賦體書書寫？更令人費解的是，曹丕還以同題共作之法，分別命令王粲（177-217）寫賦、曹植寫詩。如果說曹丕自己是「傷其妻孤寡」、「愴然傷心」而作，那麼受命代言的曹植、王粲也有同樣的情緒嗎？雖然曹植、王粲與阮瑀的交情理應不淺，但是否能像曹丕一樣具有「傷其妻孤寡」的感情，卻也難以確證。因此，詮釋這些作品時，若在沒有充足的史料證據下，便以作者之情志寄託切入，不免形成各說各話、莫衷一是的情形；但若從代言體的角度出發，不僅可以避免這種情形，也可以將其視為一種展現文人寫作技巧的遊戲、競賽，使詮釋者可以先有較為一致的評價基礎。

代言詩或許與創作者的自我生命無太大關聯，也可能沒有承載詩人真實的情志寄託，所以若從作者本意的視角切入，自然沒有太多詮釋的空間；在沒有確切證據的情形下，也難以令人信服最後得出的詮釋。但是若就遊戲與技藝的觀點而言，不但可以顯示出代言詩獨特的意義與價值，也可以藉此看出，六朝文人對於詩本質與功能的另一種觀點。

二 代言詩在詮釋時所遭遇的問題

前面已提及，寫作代言詩的基本要求，就是要將自己轉化為所代之人，不僅語氣、用詞要符合所代之人的習性、風格，就連情感也要成為所代之人，任何不是所代之人的狀態與處境（包含書寫者本身）都不宜摻入。是故，代言詩的最終目的，就是要讓讀者「信以為真」──認為此作即是出自於所代之人；抑或是讀者在知道此詩為代言體的情況下，還是認為此作即使掛上所代之人的姓名，亦不為過。

在代言詩中，內容所呈現的情感，往往是最重要的，也常常是判斷能否為優秀代言詩的關鍵。如果在詩中不慎加入了非所代之人的情感，很容易會被視為不符合代言體的作品。這就像是幫人代筆傳遞訊息，若是傳達的情感及內容並非委託者的，就會令收到訊息的閱讀者產生誤會和混亂。所以作者不太可能，實則也不應該將自己的情志，寄託在為他人而作的代言詩中。

然而，這個基本定義看似簡單清楚，但仍有許多代言詩作，被後世文人視為具有寄託之義。為何如此？這就與詮釋者習慣使用作者本意的觀點有關，以下就「所代之人明確的代言詩」、「所代之人較不明確的代言詩」二方面分別論述之。

（一）有明確代言對象的代言詩

此類作品乃作者於題目直接點明其創作所代言對象，本該是代言詩類中最無疑義的作品，然由於詮釋者過度注重書寫者的生平背景，反而容易忽略了題目所具有的明確指示性。陸機〈為顧彥先贈婦詩二首〉和陸雲（262-303）的〈為顧彥先贈婦往返詩四首〉，就是典型的例子：

辭家遠行遊，悠悠三千里。京洛多風塵，素衣化為緇。
循身悼憂苦，感念同懷子。隆思亂心曲，沈歡滯不起。
歡沈難克興，心亂誰為理。願假歸鴻翼，翻飛浙江汜。

東南有思婦，長嘆充幽闥。借問歎何為，佳人渺天末。
遊宦久不歸，山川修且闊。形影參商乖，音息曠不達。
離合非有常，譬彼弦與筈。願保金石軀，慰妾長飢渴。
（陸機〈為顧彥先贈婦詩二首〉）

我在三川陽，子居五湖陰。山海一何曠，譬彼飛與沈。
目想清惠姿，耳存淑媚音。獨寐多遠念，寤言撫空衿。
彼美同懷子，非爾誰為心。

悠悠君行邁，煢煢妾獨止。山河安可逾，永路隔萬里。
京師多妖冶，粲粲都人子。雅步褭纖腰，巧笑發皓齒。
佳麗良可美，衰賤焉足紀。遠蒙眷顧言，銜恩非望始。

翩翩飛蓬征，郁郁寒木榮。游止固殊性，浮沈豈一情。
隆愛結在昔，信誓貫三靈。秉心金石固，豈從時俗傾。
美目逝不顧，纖腰徒盈盈。何用結中欵，仰指北辰星。

浮海難為水，游林難為觀。容色貴及時，朝華忌日晏。
皎皎彼姝子，灼灼懷春粲。西城善稚舞，總章饒清彈。
鳴簧發丹唇，朱弦繞素腕。輕裾猶電揮，雙袂如霞散。
華容溢藻幄，哀響入雲漢。知音世所希，非君誰能讚。
棄置北辰星，問此玄龍煥。時暮復何言，華落理必賤。
（陸雲〈為顧彥先贈婦往返詩四首〉）

逯欽立《先秦漢魏晉南北朝詩》在陸機〈為顧彥先贈婦詩二首〉的題目底下注云：

> 陸士龍亦有為顧彥先贈婦之作。題作〈為顧彥先贈婦往返四首〉。稱往返則知有贈婦、有婦答，題旨明確。《文選》此目蓋有刪節處。贈婦下應有往返二字。[83]

依據逯欽立的說法，陸機之詩題應與陸雲之詩題相同，而有「往返」二字，若再加上陸機、陸雲為兄弟的身份來看，這兩組詩很有可能是同題共作下的產物。再就詩題〈為顧彥先贈婦往返〉而言，很明顯這兩組詩都是屬於代言詩。但特別的是，因為有「往返」二字，所以詩的內容，不僅有替顧彥先贈與其妻子的詩作，也有替其妻子回贈給顧彥先的詩作。所以無論是陸機還是陸雲之詩，都是一人分飾二角的代言作品。雖然究竟主角是否為顧彥先夫婦，仍有些爭議，[84]但書寫者與所代之人的區分，非常確切。

以陸機之詩來說，第一首「辭家遠行遊」是以顧彥先的角度敘述，離鄉遠赴京城後，所產生的思念之苦；最後希望能「借歸鴻翼」，飛回三千里外的家鄉，一解相思之情。而第二首「東南有思婦」，則轉而從顧彥先妻子的視角描寫。從「遊宦久不歸」、「形影參商乖，音息曠不達」亦可以感受出女子對於相隔千里的幽怨；最後再以「願保金石軀，慰妾長飢渴」結尾，展現出對於男子情感的深厚。

---

83 逯欽立：《先秦漢魏晉南北朝詩》，頁682。

84 關於此題所云之人，除了題目所指出的顧彥先外，尚有根據不同版本的《昭明文選》李善注所云的全彥先（胡克家刊本）與令彥先（四部叢刊影印宋刊本六臣注），逯欽立則認為當是令文彥先之誤。曹道衡在〈試論陸機陸雲的《為顧彥先贈婦》〉一文中，有詳細討論，可參見其《中古文學史論文集續編》（臺北：文津出版社，1994年7月），頁65。

這兩首詩各自從男女的視角，述說著對另一方的思念之情。不過，若以詩的內容來判斷，則「往返」之義較不顯著。

至於陸雲的四首詩，不僅同樣以男女視角各自寫詩，而且更為強調了「往返」之義。第一首「我在三川陽」從顧彥先的角度書寫，先以「三川陽」與「五湖陰」表示雙方距離之遙，但距離再遠也抵擋不住對於妻子的思念；然後藉著「目想清惠姿，耳存淑媚音。獨寐多遠念，寤言撫空衿」的幻想與處境，來強化與妻子的情感及妻子的地位。第二首「悠悠君行邁」則轉為顧彥先妻子的視角敘述。與陸機不同的是，陸雲從第二首開始，很明顯的是針對前一首詩的內容回覆，透過強化某些對話及著重時間差的部分，來完成題目所言的「往返」。如第二首強調「京師多妖冶，粲粲都人子。雅步裊纖腰，巧笑發皓齒。佳麗良可美，衰賤焉足紀」，應該是針對第一首所提及的「目想清惠姿，耳存淑媚音。獨寐多遠念，寤言撫空衿」，認為京師美女如雲，誘惑甚多，自己哪裡比得上。所以第三首顧彥先再回覆時，又特別強調「隆愛結在昔，信誓貫三靈。秉心金石固，豈從時俗傾。美目逝不顧，纖腰徒盈盈」，表示自己絕不變心。最後還以「仰指北辰星」來比喻自己堅貞的情感。但這樣的回覆似乎不被妻子所相信，所以在第四首中，妻子又故意提出「皎皎彼姝子，灼灼懷春粲。西城善稚舞，總章饒清彈。鳴簧發丹唇，朱弦繞素腕。輕裾猶電揮，雙袂如霞散。華容溢藻幄，哀響入雲漢」這類才貌雙全的女子，才配得上顧彥先，而顧彥先也必定會其所吸引。所以最後又說出「棄置北辰星，問此玄龍煥。時暮復何言，華落理必賤」，認為丈夫拋棄遠在家鄉且容貌已衰的糟糠妻，是不變的道理。

這四首詩，宛如真實的家書一般，無論在京城任官的丈夫如何辯解，遠在家鄉的妻子總是覺得丈夫面對眾多的誘惑，一定會變心。這樣一來一往的回覆，令讀者也不禁莞爾一笑。以此來看，陸機、陸雲

的這兩組詩，可說是很成功的代言詩，若沒注意書寫者的姓名，以及
題目所標的代言，讀者很容易會將這些詩視為顧彥先夫妻所作。然
而，由於在題目上就已明確告知是替兩個角色贈詩往返的代言作品，
應與書寫者的情感無關，再加上可能是「同題共作」下的產物，身處
兩地的顧彥先夫婦，也不太可能同時找陸氏兄弟寫代言詩，所以可以
合理的懷疑，這兩組詩或許是兄弟之間相互較勁、展現技藝的遊戲、
競賽，而以同為由吳至洛陽仕宦的的顧彥先及其妻子作為題目。

　　從以上的討論可知，在詮釋這兩組詩時，並不適合逕與陸氏兄弟
的生平、情感結合。但在許多現代學者的論述中，卻依舊認為這兩組
詩可能存有陸氏兄弟的情志寄託。例如：曹道衡在討論這兩組詩時，
曾先以清代吳淇《六朝選詩定論》的說法為切入點，並認同吳淇所說
的「戲筆耳」，不過也反對「不悅彥先所為，而作此以微刺之乎」的觀
點，且認為「二陸旨在譏刺」之說，缺乏證據。[85]然而在解釋這兩組
詩時，卻分別以不同角度論述。在解釋陸雲之詩時，他認為這組詩：

> 不管是對那位「彥先」微有規勸之意或純屬雅謔，要之都不過
> 是說勿因到洛陽繁華之地，而對家中妻子產生貳心。

> 陸雲的四首，其實只是說到京洛的繁華，會對意志薄弱者有不
> 好的影響。[86]

雖然認為此組詩「失之淺露」，故評價不高，但基本上還是圍繞在詩
作本身討論。即便是引申出的喻意，也沒有脫離詩本身所呈現的意
象。可是在解釋陸機之詩時，卻轉而注重陸機入洛後的感受：

85　此處的討論，可參見曹道衡：〈試論陸機陸雲的《為顧彥先贈婦》〉，頁66。
86　曹道衡：〈試論陸機陸雲的《為顧彥先贈婦》〉，頁71-72、76。

（陸機）似乎著重寫自己入洛後的感受，所以「京洛多風塵，
素衣化為緇」成了陸詩中的名句。如果結合陸機入洛後的政治
漩渦中所遇到的許多事件，不能不說其感慨是很深的。

「京洛多風塵，素衣化為緇」這兩句名句，包含著豐富的內
容。……暗用《論語》「不曰白乎，涅而不緇」的典故。這裡有
仕途中的牢騷，也有對前程的疑慮，甚至有對出仕的悔恨。[87]

曹道衡應該是以「京洛多風塵，素衣化為緇」二句，視為詮釋這組詩
的關鍵，若配合詩的上下句來看，則將「風塵」比喻為仕途中所遇到
的不順遂，確實有其道理。因為辭家遠行，因為仕途不順，在心情沉
重之下，轉而帶出對於遠方親人的思念。這樣的解釋，不僅符合詩中
思緒的轉折，也能深化詩的意義。但如果要說這種情緒是陸機自身
的，則難以找到確切的證據，只能從其生平遭遇，以及當時的政治社
會環境等外緣因素進行推測；更重要的是，完全忽略了寫作代言詩的
基本立場。尤其對陸機來說，顧彥先是其所熟悉之人，並非古人或虛
構人物，所以無論此代言詩是否真為顧彥先夫婦所請託，並不適合
（也不必要）藉其口來表達內心的情緒。或許曹道衡也發現這個問
題，所以他最後在談論這類相關的詩時，提出了一個詮釋的前提：

這類夫妻相贈答的詩，就其內容與手法而論，無非是一些行
子、思婦的生活及感情。如果撇開題目中的主名不說，那麼其
內容實際上和漢魏無名氏的「古詩」比較類似。……他對這一
類題材確實抱有特殊的興趣。這恐怕和他長期游宦京洛，既飽

87　曹道衡：〈試論陸機陸雲的《為顧彥先贈婦》〉，頁70、76。

嚐與家人分離之苦，而仕宦又不甚得志有關。[88]

「撇開題目中的主名」的作法，或許可以得出與陸機生平相關的結論，因為替不知名的人物或虛構人物代言，閱讀者無從知曉所代之人的情感，所以在詮釋上可以產生更多的可能性。但陸機之詩不但有明確的主名，而且與所代之人頗有淵源，如果刻意忽視題目中的重要線索，那麼所得出的結論，也就容易令人產生疑慮。

除了曹道衡之外，孫明君亦是抱持著這樣的觀點。他明確的指出：

> 陸機的〈為顧彥先贈婦二首〉、〈為周夫人贈車騎〉，陸雲的〈為顧彥先贈婦往返詩四首〉等作品一向被人看作「游戲」之作，但我們發現陸機兄弟「游戲」的對象主要是和自己身世相同的東南士族，這些遊戲之作中未嘗沒有寄予二陸本人的思鄉之情。……陸機的〈為顧彥先贈婦二首〉其一云：……其中的「京洛多風塵」寄託了多少辛酸，不是自己親歷就無法向外人道出。[89]

孫明君雖然同意這些詩為遊戲之作，但也認定詩中「未嘗沒有寄予二陸本人的思鄉之情」。這是一個很有趣的現象，雖然在遊戲詩作中，也確實可能存在著作者的情志寄託，但是當題目已清楚說明寫詩的目的，使用的文體也很明確時，如何還能透過外緣的證據來導向作者的情志寄託，就成了詮釋時最關鍵之處。這需要確切的證據、謹慎的推論，才有可能穿越已顯露出的現象，發掘隱藏其中的涵義。絕不是僅以「『遊戲』的對象主要是和自己身世相同的東南士族」，這種直接比

---

88 曹道衡：〈試論陸機陸雲的《為顧彥先贈婦》〉，頁72-74。

89 孫明君：〈二陸贈答詩中的東南士族〉，《兩晉士族文學研究》，頁141。

附作者生平或社會背景的理由，便足以理所當然下結論；也不能因為
詩中有「辭家遠行遊，悠悠三千里。京洛多風塵，素衣化為緇」這類
句子，就以此判定這是陸機的思鄉之情、詩中寄託了多少辛酸。尤其
是當題目已明確的告知是〈為顧彥先贈婦〉，無論是否為顧彥先夫婦
所託，在詩中所呈現出的，應該都是顧彥先及其妻子的思念及情感，
否則就違反了寫作代言詩的基本立場了。更何況顧彥先亦是江南東吳
之人，若此組詩中真有寄託思鄉之情及經歷多少辛酸，也應被優先視
為顧彥先之情緒，而非陸機。可見，要推論出陸機是否藉此詩寄託自
己的思鄉之情，其實很難從中獲得有力的證據。

　　陸機這類有明確記載代言對象的代言詩，還有〈為顧彥先作
詩〉、〈為陸思遠婦作詩〉[90]、〈為周夫人贈車騎詩〉[91]等，可見對陸機
來說，為當時之人寫代言詩，是一種頗為常見的情形，尤其是為顧彥
先代言之詩還重複出現。若皆依照上述學者的觀點來詮釋，這些代言
詩自然都隱含陸機的情志寄託，那麼代言詩還能算是代言詩嗎？抑或
只有在詮釋陸機這類重要的詩人時，可以例外？

　　除了上述陸氏兄弟的詩外，潘岳的〈為賈謐作贈陸機詩〉十一
章，亦可作為例子討論。從題目來看，這組詩明顯屬於「代言詩」，
是由潘岳揣摩賈謐（？-300）的心思與語氣，寫詩贈與陸機。賈謐在
西晉權傾一時，並形成了以其為首的「二十四友」文學集團，潘岳與
陸機皆曾參與其中。[92]身為文學集團的一份子，潘岳應集團主人賈謐

90　逯欽立：《先秦漢魏晉南北朝詩》〈為陸思遠婦作詩〉題下注云：「《晉書》有紀思
　　遠，與陸機同時，親善。」頁682。故陸思遠可能為紀思遠之誤。

91　陸機有〈贈從兄車騎〉：《文選》李善注云：「集云：陸士光。」頁628。故此車騎應
　　是指陸曄。

92　《晉書‧賈謐傳》：「開閣延賓，海內輻湊，貴游豪戚及浮競之徒，莫不盡禮事之。
　　或著文章稱美謐，以方賈誼。……榮陽潘岳、吳國陸機陸雲……皆傅會於謐，號曰
　　二十四友，其餘不得預焉。」（北京：中華書局，1997年11月），頁307。

之要求,為其代言寫詩給另一位集團文人陸機,十分合理。既然此組詩為代言體,在內容的表述上,就應該呈現出賈謐對陸機的情感及欲傳達的想法,如果潘岳在詩中表現出自己的情感,或是寄託了自己的情志,不僅沒有完成賈謐的請求,同時也會讓收到詩的陸機,對詩的情感及內容感到疑惑與不解。舉例來說,〈為賈謐作贈陸機詩·其九〉寫道:

> 昔余與子,繾綣東朝。雖禮以賓,情同友僚。
> 嬉娛絲竹,撫韍舞韶。脩日朗月,攜手逍遙。

首句「昔余與子」所指稱的人,從題目及下一句「繾綣東朝」來看,應是指曾同在東宮,分別任職散騎常侍的賈謐與太子洗馬的陸機。雖然兩人在當時的政治地位有些差異,但透過「雖禮以賓,情同友僚」之句,顯示了兩人的交情,也藉此說明底下「攜手逍遙」的特別之處。整首詩展現的是賈謐與陸機往昔的情誼,與實際作者潘岳的情志無關。潘岳在此詩中所能討論的部分,應是如何展現其寫詩之技藝,以完成賈謐的請託。。

　　而陸機在收到此組詩後,也寫了〈答賈謐詩〉十一章回贈。其〈詩序〉曰:

> 余昔為太子洗馬,魯公賈長淵以散騎常侍侍東宮積年。余出補吳王郎中令,元康六年入為尚書郎。魯公贈詩一篇,作此詩答之云爾。[93]

93　逯欽立:《先秦漢魏晉南北朝詩》,頁673。

陸機在〈詩序〉裡重提賈謐與自己當年同在東宮的關係，最後則直接
說明創作動機，是因為賈謐贈詩，所以才「作此詩答之云爾」。可見
陸機回應的對象是賈謐，而不是實際的書寫者潘岳。我們甚至可以推
測，即使陸機知道實際的作者另有其人，但因為贈詩者掛名賈謐，所
以還是必須將詩中所述的事物及情感，皆視為賈謐所作而回覆，無論
是語氣、用詞還是情感，都必須以賈謐為對象。這正是代言詩的特殊
性。書寫者在詩中最能展現的部分，是其寫詩的能力、技藝，而非表
現自身的情志。故我們在詮釋代言詩時，不能不注意這個部分。

　　其他六朝時期的代言詩亦是如此。先以經歷南朝劉宋與蕭齊的韓
蘭英所作〈為顏氏賦詩〉為例：

　　　絲竹猶在御，愁人獨向隅。棄置將已矣，誰憐微薄軀。

此詩以女子之視角著筆，發出強烈的悲苦之情。由於韓蘭英深受兩朝
皇帝的賞識，皆於宮中任職，[94]若以其長期處於六宮之中，且身為女
性的角度來看，在詮釋這首詩時，很容易就將詩中之悲苦情緒，與韓
蘭英生平結合。但逯欽立在此詩題下注引《金樓子‧箴戒》云：

　　　齊鬱林王時，有顏氏女，夫嗜酒，父母奪之，入宮為列職。帝
　　　以春夜命後宮司儀韓蘭英為顏氏賦曰云。帝乃還之。[95]

94　《南齊書‧皇后列傳》：「吳郡韓蘭英，婦人有文辭。宋孝武世，獻中興賦，被賞入
　　宮。〔宋〕明帝世，用為宮中職僚。世祖以為博士，教六宮書學，以其年老多識，
　　呼為『韓公』。」（北京：中華書局，1997年11月），頁103。

95　參見逯欽立：《先秦漢魏晉南北朝詩‧齊詩卷六‧韓蘭英》〈為顏氏賦詩〉題下注，
　　頁1479。

明確的記載了韓蘭英寫此詩的創作動機，是因為受蕭昭業（473-
494）之命，即席為顏氏賦詩。因此，無論是從題目來看，還是從創
作動機的記載來看，都可以確認此詩與作者本身無關，而屬於一種寫
詩技藝的展現。若認為詩中可能具有雙重涵義，一方面顯現顏氏之悲
情，一方面也隱含了韓蘭英自身之悲戚，這其實是一種想當然爾的觀
點，因為就目前可見的史料而言，很難判斷韓蘭英在宮中的心情如何。
是故，這種觀點純粹是文人就其所認知的「宮怨」來詮釋此詩，雖不
無可能，也的確能加深詩的涵義，但畢竟缺乏直接的證據，容易令人
產生疑慮。若是以代言的角度詮釋，則可以直接討論書寫者如何展現
自身寫詩之技藝，運用契合所代之人的情景、意象，進而使讀者產生
感動，不必刻意附會其生平事蹟，亦能呈現此詩獨特的價值與意義。

再論鮑令暉的〈代葛沙門妻郭小玉作詩二首〉，也是同樣的情形：

> 明月何皎皎，垂幌照羅茵。若共相思夜，知同憂怨晨。
> 芳華豈矜貌，霜露不憐人。君非青雲逝，飄跡事咸秦。
> 妾持一生淚，經秋復度春。
>
> 君子將遙役，遺我雙題錦。臨當欲去時，復留相思枕。
> 題用常著心，枕以憶同寢。行行日已遠，轉覺思彌甚。

此詩明顯是閨怨思婦之感。詩中化用了一些漢代古詩的句子（如〈明
月何皎皎〉、〈行行重行行〉），完整表現出思婦深切的思情。雖然鮑令
暉以同為女性的身份為郭小玉代言，或許較能理解郭小玉的現實處境
和內心真情，但若要以此作為鮑令暉此詩可能也有自身情志的依據，
在論證上恐怕不夠充分，尤其題目已經清楚的告知是代言體了。

又如王僧孺（465-522）的〈為何庫部舊姬擬蘼蕪之句詩〉：

　　出戶望蘭薰，褰簾正逢君。斂容裁一訪，新知詎可間。

　　新人含笑近，故人含淚隱。妾意在寒松，君心逐朝槿。

《藝文類聚》記載此詩之題目為〈為何遜舊姬擬上山采蘼蕪詩〉，[96]因此，何庫部可能即是何遜（？-518），何遜曾兼任尚書水部郎，庫部或為水部之誤；加上王僧孺在何遜逝世後，為其編纂文集，兩人應有不錯的交情，也加深了何庫部為何遜的可能。[97]此詩從題目來看非常的特別，雖是代言詩，卻又是代他人擬作，同時兼有代言及擬作之性質。王僧孺所擬作的是漢代古詩〈上山采蘼蕪〉，而〈上山采蘼蕪〉是描述去婦與故夫的對談過程，再加上所代之人是何遜舊姬，以此推論，則此詩應是替被棄之舊姬寫給何遜的。詩中以「新人含笑近，故人含淚隱」來呈現舊姬悲戚的心情，並以「寒松」和「朝槿」來比喻兩人對於情感認知的差異，最後也或許希望能得到何遜「新人不如故」的後悔語。此詩主旨明確，實不宜從王僧孺的情志切入，在詮釋上應著重代言體的性質，並從中欣賞王僧孺寫詩之技藝。

　　王僧孺另一首〈為徐僕射妓作詩〉，以及姚翻〈代陳慶之美人為詠詩〉、徐陵（507-583）〈為羊兗州家人答餉鏡詩〉等詩，也都是類似的情形。有些所代之人雖然名不見經傳，但並不妨礙詮釋者解讀這些詩，尤其當題目已明確的指出所代之人的姓名，如果還要在詩中找出作者的情感與寄託，反而是忽略了代言詩的特殊性。

96　〔唐〕歐陽詢撰、汪紹楹校：《藝文類聚・卷三十二》（上海：上海古籍出版社，2007年8月），頁566。

97　《梁書・何遜傳》：「為安西安成王參軍事，兼尚書水部郎，母憂去職。服闋，除仁威盧陵王記室，復隨府江州，未幾卒。東海王僧孺集其文為八卷。」（北京：中華書局，1997年11月），頁180。

（二）無明確代言對象的代言詩

　　相對於上述那些有明確姓名的詩作來說，有一些代言詩的題目，不但沒有呈現具體的姓名，有些所代之人甚至不是當時代的人物，所以在詮釋方法上，就可以有不同的思考方式。例如：梁朝邵陵王蕭綸（507-551）的〈代秋胡婦閨怨詩〉：

> 蕩子從遊宦，思妾守房櫳。塵鏡朝朝掩，寒衾夜夜空。
> 若非新有悅，何事久西東。知人相憶否，淚盡夢啼中。

若以題目來看，這首詩自然是代言詩，內容也的確寫出思婦雜亂的思緒，與獨守空閨的寂寞，表達了閨中人對於遊子之思。尤其強調了對於喜新厭舊的恐懼，加深最後「淚盡夢啼中」之悲苦。然而，因為所代之「秋胡婦」的身份，導致詮釋時可能產生更多不同的看法。歷史上的秋胡是春秋魯國人，根據《列女傳・節義傳・魯秋潔婦》記載：

> 潔婦者，魯秋胡子妻也。既納之五日，去而宦於陳，五年乃歸。未至家，見路旁婦人採桑，秋胡子悅之，下車謂曰：「若曝採桑，吾行道遠，願託桑蔭下湌，下齎，休焉。」婦人採桑不輟，秋胡子謂曰：「力田不如逢豐年，力桑不如見國卿。吾有金，願以與夫人。」婦人曰：「嘻！夫採桑力作，紡績織紝，以供衣食，奉二親，養夫子。吾不願金，所願卿無有外意，妾亦無淫泆之志，收子之齎與笥金。」秋胡子遂去。至家，奉金遺母，使人喚婦至，乃嚮採桑者也，秋胡子慚。婦曰：「子束髮脩身，辭親往仕，五年乃還，當所悅馳驟揚塵疾至。今也乃悅路傍婦人，下子之裝，以金予之，是忘母也。忘母不孝，好色淫泆，是污行也，污行不義。夫事親不孝，則事

君不忠。處家不義，則治官不理。孝義竝亡，必不遂矣。妾不忍見，子改娶矣，妾亦不嫁。」遂去而東走，投河而死。[98]

秋胡新婚不久，即離家仕宦，妻子則獨自採桑養家、侍奉雙親。這段故事後來也成了許多戲曲小說取材的對象。晉代傅玄的二首〈秋胡行〉，也都是在描述這段故事，最後也下了「美此節婦，高行巍峨。哀哉可愍，自投長河」、「引身赴長流，果哉潔婦腸。彼夫既不淑，此婦亦太剛」的評語。由此推論，蕭綸代言詩的內容，應該也是取材自這段故事，只是他將重點放在秋胡妻面對新婚離別、獨守空閨的孤寂感，而不是對於故事的敘述與評價。由於是幫古人代言，代言的內容及情感，又是作者從歷史記載延伸出來的想像，那麼在詩中是否存有作者的情志與寄託，或許就有比較多的討論空間。不過，較蕭綸時代稍早的顏延之有〈秋胡詩〉九章，王融（467-493）有〈和南海王殿下詠秋胡妻〉七章，寫作的重點也都擺在秋胡妻的情感，尤其王融為奉和〔蕭齊〕南海王蕭子罕（479-495）之作，為同題共作之詩，可見當時以此為寫作題材者，不乏其人，甚至可能是當時頗為普遍的題材。從內容及情感的表達上來看，蕭綸的作品與顏延之、王融的詩幾乎一致，只是顏延之、王融偏向於詠秋胡妻，而蕭綸則強調代言的寫作方式而已。因此，與其認為這類作品可能有作者之情志寄託，還不如將其視為一種遊戲、競賽下的產物，或者是為了展現寫詩技藝的詩作，不僅更加適合，也能符合代言詩的特性。

　　這種類型的代言詩很多，像是蕭衍（464-549）有〈代蘇屬國婦詩〉：

---

98 〔漢〕劉向著、黃清泉注譯：《新譯列女傳》（臺北：三民書局，1996年1月），頁255-256。

> 良人與我期，不謂當過時。秋風忽送節，白露凝前基。
> 愴愴獨涼枕，搔搔孤月帷。忽聽西北雁，似從寒海湄。
> 果唧萬里書，中有生離辭。惟言長別矣，不復道相思。
> 胡羊久剝奪，漢節故支持。帛上看未終，臉下淚如絲。
> 空懷之死誓，遠勞同穴詩。

蘇屬國是指漢代的蘇武，蘇武在返回漢朝後，曾官拜典屬國，故此詩表面上雖是蕭衍代蘇武之妻而作，但實際上與蕭綸〈代秋胡婦閨怨詩〉的情形相似，都是透過史傳的記載及豐富的想像，以描述蘇武的妻子在面對丈夫遠行、生死未卜的情形時，可能具有的情感。尤其從「忽聽西北雁，似從寒海湄。果唧萬里書，中有生離辭」之句，可知蕭衍轉化了雁足傳書的典故，將書信中的內容，想像成夫妻間生離死別之情。這些虛構的情節與想像，雖有異於代言詩的要求，但藉由代古人寫詩，反而彰顯了詩人在寫詩技藝上的表現。

　　此外，前面曾提及的王僧孺尚有〈為人寵姬有怨詩〉、〈為姬人自傷詩〉、〈為人有贈詩〉、〈為人述夢詩〉等代言詩。相較於前面所提及的〈為何庫部舊姬擬蘼蕪之句詩〉和〈為徐僕射妓作詩〉之作，這些代言詩並未有明確之對象，多是常見的泛稱。在詮釋上，雖然可以試著尋找作者之寄託，但因為通常較難找到直接而具體的證據，所以容易產生眾說紛紜的情形。相較之下，若是直接以代言詩的角度詮釋，不僅可以避免這些困擾，也能體會書寫者在揣摩心態、營造意象及雕琢文字上的巧思用心，從中發現這些詩另一面的價值。其他類似的詩如：許瑤之〈閨婦答鄰人詩〉、何遜〈為人姬思詩二首〉、〈為人姬怨詩〉、吳均（469-520）〈去姬贈前夫詩〉、劉孝綽（？-539）〈為人贈美人詩〉、蕭繹（508-555）〈代舊姬有怨詩〉，以及何曼才〈為徐陵傷姬〉等，也都是同樣的情形。

　　最後，可參考龔鵬程對這類假擬體的主張：

> 有些當然可能是寓言，其中含有作者想要藉以指明的事相或想
> 法。一如戲劇也可能確屬作者真實遭際。但主從之分不容混
> 淆。而且這些假擬是否有寄託寓言，須有確可指驗的的相關證
> 據才能斷定。這相關證據，不能是文內之證，因為所謂文意或
> 典故，……是可以隨人作解的。除非其意象之使用，是在比興
> 傳統中已成為固定用法。[99]

此說很有見地。既然作者選擇了代言體寫詩，就應該遵循代言詩的基
本要求，主從間的分際，必須清楚而不容混淆。想要在代言詩中尋求
作者之寄託，絕不能只憑外緣的作者生平與社會背景，就逕自詮釋，
必須要有「確可指驗的的相關證據才能斷定」。如此，才不至於流於
眾家詮釋者各說各話而莫衷一是的情形。

第三節　小結

　　本章先嘗試從文體的「客觀規範性」來理解、說明六朝擬作詩的
價值與意義；再從遊戲性與技藝性的角度切入，探討六朝代言詩的價
值歸屬。

一　六朝擬作詩的詮釋進路

　　所謂的「客觀規範性」是指：當某種文類經由不斷的大量寫作
後，會逐漸形塑出其固定的風格樣式，從而形成規範；當後世文人再

---

99 龔鵬程：《文學批評的視野》（臺北：大安出版社，1998年4月），頁217。

遵照這些規範，進行類型化的寫作，便成為一個完備的文體。而這些
規範並不會隨著不同作者的寫作而改變，所以具備了客觀化的條件。

所謂擬作詩，本就是要模仿典範作品所呈現出的「體貌」，也就
是模仿個別詩人或作品所呈現的整體風格，並力求其神似之作。因
此，關於擬作詩的價值與意義，若從作者情志寄託的角度探討，因擬
作詩本不以創作主體的情志為主導，所以自然評價不高；但若以文體
批評的角度探究，則這些能夠符合客觀規範的作品便可被視為優秀之
作──以自然接近甚至超越原作的境界為高；反之，若是有意或無意
的遠離了範本，甚至加入不屬於原作的情感、風格，即使寫得再精
彩，很容易會被視為不合規範的作品。可見由文體論的角度來討論擬
作詩的價值與意義，應是更能夠貼近當時詩人創作動機的途徑。

在過去強調情志寄託的傳統之下，後世評論者一直認為作者在寫
擬作詩時，可能藉機寄託了自身之情志或評論，也因此在論述上容易
游移於擬作詩的客觀規範性與情志寄託之間，而產生不同的解釋。這
其實是忽略了情志寄託觀念在擬作詩詮釋時的侷限；若能瞭解擬作詩
與文體論之間的關係，以「客觀規範性」的角度來詮釋擬作詩，不但
可以避免詮釋上的不確定性，更可以突顯擬作詩另一面的價值與意
義。此外，雖然擬作詩必須遵循文體的「客觀規範性」，以達到貼近
原作的目標，但這並不意味著擬作詩只是一種「意義的冒襲」。因為
每一位擬作者的性情及觀察角度不盡相同，雖然都可能非常接近原
作，但作品其實各自隱含了擬作者如何看待、觀察原作的角度，這也
可以說是在文體的客觀規範下，隱藏起來的創造性。

二　六朝代言詩的詮釋進路

文學之道並不只是抒情言志一途。內在情志寄託的詮釋固然重

要，但外顯的文采修辭、社會功能，也可以是詩的價值與意義所在。因此，同樣的一首詩，若由不同的批評觀點來解讀，便會產生有不同的意義與價值。

若從文學所具有的遊戲性、技藝性來看，許多詩歌作品的詮釋，或許就可以有更寬廣及特殊的地位，代言詩即是其中之一。所謂的代言詩，就是代人立言的詩作。作者將自己轉化為所代言的對象，不僅語氣、用詞要符合被代言者的習性、風格，就連情感也要成為所代之人。其上乘之作，便是能夠讓讀者信以為真，認為此作即是出自於所代言對象之手；或即使是清楚為代言詩的情形下，認為此作即使掛上所代言對象的姓名，亦不為過。正因為如此，代言詩所呈現的情感往往為判斷是否為優秀代言詩作品的最重要關鍵。所以其實任何不是所代對象的情緒與處境（包含書寫者本身）都不宜摻入，因為倘若在詩中沒有完整呈現所代之人的情感，或是參雜其他人的情感，就很容易被視為不符合代言體的作品。

無論是「有明確代言對象的代言詩」，或是「無明確代言對象的代言詩」，當詮釋者習慣追尋作者本意、過度注重書寫者的生平背景，即使是第一類也常被忽略了其在題目上已具有的明確指示性，更遑論第二類。但既然代言就像「角色扮演」一樣，必須設想自己成為他人，那麼當我們詮釋代言詩時，若是採取傳統情志寄託的觀點，便會產生一個關鍵的問題：詮釋出來的情志寄託，究竟是歸屬於作者本人？還是所代之人？若是情志寄託屬於作者，那麼此詩就不符合代人立言的規範，因為詩中所展現的情志與所代之人無關；若是屬於所代之人的情感，那麼所呈現的情志又與作者無關，以書寫者的情志寄託來尋求詩之價值與意義，便是明顯的謬誤。

即便認為確有作者借擬代他人之作以抒自己心中塊壘，評論者在尋求作者之寄託時，亦不能只憑外緣的作者生平與社會背景就逕自詮

釋，必須要有相當充分的證據才能斷定，否則推論將淪於臆測，而顯得薄弱且缺乏說服力。

因此，在代言詩的部份，應該有一基本立場：作者一旦選擇了代言體寫詩，就應該遵循代言詩的基本要求，主從間的分際，必須清楚而不容混淆。正因為代言詩或許與創作者的自我生命無關，也可能沒有承載詩人真實的情志，所以從情志寄託的角度來看，並沒有太多可詮釋的空間。然而，若就遊戲與技藝的觀點而言，不但可以欣賞書寫者在寫詩上的能力與技藝，展現出代言詩獨特的意義與價值，也可以藉此看出六朝文人對於詩本質與功能的另一種觀點。

第三章
六朝應制詩與政治權力的關係

　　在「詩言志」的文學傳統下，詩歷來都被視為作者內在情志的展現，於是在進行詮釋及評價時，評論者也往往奉此為圭臬。而應制詩由於多被視為歌功頌德之作，且普遍存在著題材內容重複、詩旨單調，而且缺乏個人特色的文學性質，所以在近代的學術研究中，不僅專門討論的著作不多，許多詩歌史、文學史的相關論著，也較少提及，即便提及，亦多為負面之評價。這類負面評價大致可以何詩海的說法為參考：

　　　　一般認為，應制詩作為奉命文學，題材狹窄，內容空虛，無情
　　　　感力量；藝術上則因集體化、類型化的創作模式而雷同、板
　　　　滯，乏善可陳。[1]

然而，檢視歷代文人對於應制詩的評價，卻出現了兩極化的現象，略以楊慎（1488-1559）與張潮（1650-1707）的觀點各作一代表。首先，楊慎對應制詩抱持著負面的態度，其《升庵詩話‧卷八‧桃花詩》云：

---

[1]　何詩海：〈東晉應制詩之蕭條及其文學史意蘊〉，《文學遺產》2011年第2期（2011年），頁27。

> 唐自貞觀至景龍，詩人之作，盡是應制，命題既同，體製復
> 一，其綺繪有餘，而微乏韻度。[2]

楊慎的說法雖是針對初唐時期的應制詩，但實可視為貶低應制詩一派
的共同觀點。「命題既同」的群體創作模式，自然容易導致整體形式及
內容出現「體製復一」的結果；即便具有「綺繪」的特色，但在後世
著重個人風格的主流評價系統中，「微乏韻度」仍舊是其最大的缺點。

而張潮在《幽夢影》中則提出完全不同的觀點：

> 並頭聯句，交頸論文，宮中應制，歷使屬國，皆極人間樂事。[3]

將應制而作的文學作品說成是「極人間樂事」，或許有些極端，但也
可約略見出應制詩的寫作，在某些文人心中還是具有一定的地位。尤
其是自魏晉之後，各朝各代都不乏應制詩作，許多文學總集中，亦常
收入應制詩作。例如：〔南朝梁〕蕭統（501-531）所編的《文選》，
在詩體底下的「公讌」一類，便有一些作品常被視為應制詩；宋人所
編的《文苑英華》，在其選錄之詩中，特別分出「應制」一類；清代
李因培（1717-1767）的《唐詩觀瀾集》，選錄唐代的應制詩，同為清
代的吳汶、吳英，更是直接編纂《歷朝應制詩選》一書，可見應制詩
在許多古代文人心中，並非一無可取的作品。

一般談論應制詩，多半從初、盛唐的應制詩開始，除了此時期的
創作數量龐大外，文體上的建構亦趨成熟，文人對於創作應制詩所該

2　〔明〕楊慎：《升庵詩話》，收錄於丁仲祜《續歷代詩話》（臺北：藝文印書館，
　　1983年6月），頁935。

3　〔清〕張潮：《幽夢影》（臺北：文津出版社，1991年11月），頁25。

呈現的「體貌」[4]，已有一定的共識，自然也深切的影響後世文人對
於應制詩的評論。然而，初、盛唐的應制詩並非憑空出現，而是深受
六朝時期的影響。翁方綱（1733-1818）《石洲詩話》云：

> 沈、宋應制諸作，精麗不待言，而尤在運以流宕之氣。此元自
> 六朝風度變來，所以非後來試帖所能幾及也。[5]

翁方綱認為初唐時期的沈佺期（650-729）、宋之問（約656-712），其
應制詩之所以有「精麗」、「流宕之氣」，是源於六朝而來。吳汝、吳
英《歷朝應制詩選》亦云：

> 應制詩雖盛於唐，實起於漢魏。自武帝柏梁臺肇開君臣唱和之
> 端，曹植應詔詩始備闕庭進獻之體，茲選故以二詩冠首。六朝
> 應制詩不可勝紀。然或命意淳朴、措辭古奧、格調參差，即唐
> 人擬古亦不過得其大署。故選其旨顯而詞華者，以見先正典
> 型。[6]

不但直接認為應制詩起源於漢魏，並以漢武帝與群臣所作的〈柏梁

---

4 顏崑陽：「一切文學作品，在『體製』與『體要』的配合操作而被具體表現出來之
後，不管是寫景狀物，或抒情說理者，都必然會呈現出作品整體性的藝術形相。這就
是『體貌』。故『體貌』非一抽象概念，而是具現之風格。若以『作家』而言，是
為『個人風格』……若以『作品』而言，則有某類或某篇作品之個別風格。」〈中
國古典文學批評論述10則・體勢〉，收入《六朝文學觀念叢論》（臺北：正中書局，
1993年2月），頁363。

5 〔清〕翁方綱著、陳邇冬校點：《石洲詩話》（北京：人民文學出版社，2001年10
月），頁26。

6 吳汝、吳英：《歷朝應制詩選》，收入四庫禁燬書叢刊編纂委員會編《四庫禁燬書叢
刊》（北京：北京出版社，2000年1月），頁54-9。

臺〉聯句，[7]與曹植（192-232）〈應詔詩〉為最早的源頭，同時也說明了六朝應制詩足以成為應制詩寫作之典範。雖然〈柏梁臺〉與曹植〈應詔詩〉這兩首詩是否可視為應制詩之肇始？已有學者提出質疑並進行討論，[8]但不可否認的是，六朝時期的相關作品深切的影響後世應制詩的創作；而應制詩在六朝文學的整體發展中，亦具有重要的地位。何詩海便認為：

> 應制詩自建安開始，至南朝結束，從總體趨勢看，一直是重要的詩歌體式。[9]

由此可見六朝應制詩的地位及重要性。而就發展的趨勢與變化來看，要探討六朝應制詩，應再區分為魏晉時期與南朝時期兩階段論之。

首先，以魏晉時期而言，目前學界多以曹魏時鄴下文學集團的公宴作品為討論焦點──主要論述文人對於曹氏父子的諂媚內容，或是探討作品的寫作模式及風格的相似之處。至於兩晉，因東晉應制詩可見的極少，故通常僅討論西晉，而西晉應制詩多集中在武帝、惠帝二朝，寫作類型及內容也大致相近，故後世論述多半以「莊重典雅」或「歌功頌德」的評語，較為簡略的帶過。

其次，就南朝時期而論，與魏晉時期相比，在創作的數量有明顯提升。依程建虎、何詩海二位的研究成果，統計製表如下：

---

7 逯欽立：《先秦漢魏晉南北朝詩》「漢武帝劉徹」〈柏梁詩〉題下注引《東方朔別傳》曰：「孝武元封三年，作柏梁臺。詔群臣二千石有能為七言者，乃得上坐。」（北京：中華書局，1998年5月），頁97。

8 例如程建虎即持否定的態度，可詳見《中古應制詩的雙重觀照》（北京：人民出版社，2010年9月），頁165-170。

9 何詩海：〈東晉應制詩之蕭條及其文學史意蘊〉，頁25。

應制詩作品		程建虎統計		何詩海統計	
魏晉	晉前	6	29		>40
	晉	23		>40	
南朝	宋	21	336	28	358
	齊	49		55	
	梁	225		212	
	陳	41		63	

　　按表，由程建虎的統計，[10]第一階段的魏晉時期約二十九首，但第二階段的南朝時期則有三三六首；而根據何詩海對於逯欽立（1910-1973）《先秦漢魏晉南北朝詩》的統計，[11]則第一階段超過四十首，第二階段更是多達三五八首。雖然因對應制詩定義有所不同，在統計數字上會有所出入，但無損於我們瞭解：應制詩作的創作數量在南朝時期出現了顯著的成長。且除了數量的大幅增加外，創作題材上也更加豐富多變。故無論從數量或題材上看，都可以看出應制詩的創作，在進入南朝後開始蓬勃發展。

　　至於應制詩的評價方式，按目前主流的詮釋及批評進路，仍從內容、修辭、風格來討論，但可思考的是：此是否為唯一的方式？不能否認的，古典詩歌在古代文人階層中所扮演的角色，並不只是單純的文學創作及美學欣賞而已，除了抒情言志之外，往往也是社會文化行為的一環，如顏崑陽先生指出：

在古代知識階層的社會活動場域中，「詩」無所不在；知識分子普遍地將它當作特殊的言語形式，「用」於各種社會「互

---

10 程建虎：《中古應制詩的雙重觀照》，頁3。
11 何詩海：〈東晉應制詩之蕭條及其文學史意蘊〉，頁24。

動」行為。因此,「詩之用」是中國古代既普遍又特殊的社會
文化現象。依此而言,在中國古代,「詩」不只是一種文學
「類體」,而且更是一種不離社會生活的「文化」現象或產
物,可稱為「詩文化」。

中國古代知識階層以「詩式語言」進行互動,既是具有「意象
性」的「社會行為」,又是並時性甚而歷時性多數人反覆操作
的「文化行為」,故我將它們複合為「詩式社會文化行為」
(poetry as sociocultural act)概念。[12]

古代文人對於「詩是什麼?」的確有著許多不同層面的觀念,詩既可
以是抒情言志的感受,亦可以是遊戲娛樂的工具,當然也可以成為一
種文人獨有的文化資本。尤其是應制詩作為一種常常被限定題目、時
間、範圍甚至韻部的詩體,其社會文化性更為強烈。因此,要討論應
制詩,就不能僅從美學、藝術的觀點出發,還必須要注重其社會文化
上之「用」的部分。

其實,文人以詩作為文化資本,運用於社交行為、交換政治上權
位的「詩用社會文化」,其實在漢代便已盛行。漢時因為帝王的喜
好,專門寫賦的言語侍從之臣興起,不僅使用當時為主流文體的賦,
進行應制活動,[13]也使賦體產生了「主上與游士謀臣之間休閒遊戲的

---

12 顏崑陽:〈用詩,是一種社會文化行為方式——建構「中國詩用學」芻論〉,《淡江
中文學報》第18期(2008年6月),頁284-285、288。

13 例如:《漢書・枚皋傳》記載:「(枚皋)上書北闕,自陳枚乘之子。上得之大喜,
召入見待詔,皋因賦殿中。詔使賦平樂館,善之。……從行至甘泉、雍、河東,東
巡狩,封泰山,塞決河宣房,游觀三輔離宮館,臨山澤,弋獵射馭狗馬蹴鞠刻鏤,
上有所感,輒使賦之。為文疾,受詔輒成,故所賦者多。」(北京:中華書局,
1997年11月),頁604;以及《漢書・王褒傳》:「上令褒與張子僑等並待詔,數從褒
等放獵,所幸宮館,輒為歌頌,第其高下,以差賜帛。」頁721。

性質」¹⁴，這樣的文學功能觀延續至六朝時期，由於「詩歌創作地位提高了，詩歌既成為抒發個人性靈的工具，也開始成為公共社會關係的潤滑劑」。¹⁵尤其是當文學集團逐漸興盛，文人更容易將詩歌作為一種向上位者攀附關係的工具。

　　因此，本章即著眼於應制詩於社會文化上之「用」，由應制詩與政治權力之間關係為切入點，以了解六朝應制詩的發展與特殊的地位。底下將分成魏晉時期與南朝時期兩個階段，進行討論。

第一節　應制詩與公宴詩的區別

　　目前討論魏晉應制詩時，學界常以漢末鄴下文學集團所寫的公宴詩為主要範圍。然而，若以目前對於應制詩的概念而論，則這些「公宴詩」是否都能視同「應制詩」？則可再商榷。

　　所謂「應制」，在六朝時期本是狹義的與「應詔」同旨，即奉皇帝詔令所作的作品──此類作品多數以「應詔」為題，有少數以「應制」為題。¹⁶至吳景旭（1611-？）《歷代詩話》對「應制詩」的範圍已有更進一步的解釋：

　　　　魏晉以來，人臣於文學間有屬和於天子曰「應詔」，於太子曰

---

14 簡宗梧：〈漢賦文學思想源流〉，收入《漢賦源流與價值之商榷》（臺北：文史哲出版社，1980年12月），頁7。關於漢賦「遊戲說」可參見此篇中〈漢賦遊戲說的由來〉一節。

15 吳承學：〈詩可以群──從魏晉南北朝詩歌創作型態考察其文學觀念〉，收入《中國古代文體形態研究（第三版）》（北京：北京大學出版社，2013年9月），頁104。

16 據陳鍾琇統計逯欽立《先秦漢魏晉南北朝詩》一書，詩題為「應制」之詩，僅有四首。參見陳鍾琇：《唐代和詩研究》（臺北：秀威資訊科技股份有限公司，2008年4月），頁36。

「應令」，於諸王曰「應教」。[17]

趙殿成（1683-1743）《王右丞箋注》以及吳兆宜《玉臺新詠箋注》，也持相同觀點，[18]可知自清朝以降，對「應制詩」的認知已大致相同，並且劃分更細──除了原本的「應詔」外，還涵括了「應令」及「應教」兩種。目前學界亦承此觀點，將此類由皇室下達命令，臣下應旨而作之詩作統稱為「應制詩」，本章亦同此定義，以方便討論。[19]

至於「公讌」，現在多作「公宴」。根據《文選》呂延濟注曹植〈公讌詩〉云：「公讌者，臣下在公家侍讌也。」[20]可知內容主要為臣下侍宴之作。既是侍宴，則詩的內容多半是詩人應宴會主人之要求，為了此次聚會而作。故就作品而言，可能在一場宴會中有多人同時執筆，也有可能同一人在不同場合中皆有創作。

由上可知，區分應制詩與公宴詩，可大致以下列兩項作為依據：第一，由下令作詩者的身份來區別──依前述對於應制詩的定義，下令寫詩者必須具有帝王、太子或諸侯王的皇室身份，這些承命所作之詩才能稱作「應制詩」；而公宴詩的下令者則為宴會的主人、詩人的

---

17 〔清〕吳景旭：《歷代詩話・卷五十一》（臺北：世界書局，1961年10月），頁732。

18 趙殿成〈從岐王過楊氏別業應教〉題下注云：「魏晉以來，人臣於文字間，有屬和於天子，曰應詔；於太子，曰應令；於諸王，曰應教。」〔唐〕王維著、〔清〕趙殿成箋注：《王右丞箋注》（上海：上海古籍出版社，2014年12月），頁115。吳兆宜：「凡應皇帝曰應詔，皇太子曰應令，諸王公曰應教。」《玉臺新詠箋注・卷八・繁華應令》（北京：中華書局，1999年11月），頁334。

19 何詩海：「嚴格來說，應帝王命而作方為應制，本文所論，即以這一類作品為主，也包括太子、諸王組織創作的應教、應令詩等。蓋太子為皇位法定繼承人，諸王藩屏帝室，是皇權的宗法基礎，為表述方便，姑且一體視之。」此說可為參考。參見〈東晉應制詩之蕭條及其文學史意蘊〉，頁23。

20 〔南朝梁〕昭明太子、六臣注：《宋本六臣註文選》（臺北：廣文書局，1972年8月），頁368。

長官，但不限定為皇族。第二，從創作地點來區分——公宴詩產生的
場合，必須是在遊宴之時，應制詩則不限制寫作的場合。統而言之，
公宴詩限制的是寫作場合，而應制詩限制的是寫作身份，實為兩種不
同的詩歌類型。

　　比較應制詩與公宴詩，可知雖有相互交集之處，也有各自獨立之
處，然歷來常將二者混同論之，細究原因大抵有二。首先，從寫作方
式及風格來看，公宴詩常出現題材、內容重複，風格又極為相近的問
題，安磐（1479-1538）《頤山詩話》曾論及鄴下文人的公宴詩，認為：

> 曹丕建章臺公讌詩，王粲曰：「嘗聞詩人語，不醉且無歸」。應
> 瑒亦曰：「為且極懽情，不醉其無歸」。子建曰：「公子敬愛
> 客，終宴不知疲」。瑒亦曰：「公子敬愛客，樂飲不知疲」。一
> 時燕集之作，相襲如此，豈偶然同耶？[21]

在這幾首可能是寫給不同對象，也可能是在不同時間創作的公宴詩
中，無論是描述的內容場景，還是使用的意象風格，都有極為相似之
處。故安氏所提出「相襲如此，豈偶然同」的評語，確實指出了上述
所言公宴詩的問題。而賀貽孫（1605-1688）的《詩筏》中對公宴詩
有更嚴厲的批評：

> 公讌詩，在酒肉場中，露出酸餡本色。寒士得貴遊殘杯冷炙，
> 感恩至此，殊為可笑；而滿篇搬數他人富貴，尤見俗態。[22]

---

21 〔明〕安磐：《頤山詩話》，收入〔清〕永瑢、紀昀等編：《景印文淵閣四庫全書》
　　（臺北：商務印書館，1986年3月），頁1482-462。
22 〔清〕賀貽孫：《詩筏》，收入郭紹虞：《清詩話續編》（臺北：藝文印書館，1985年
　　9月），頁156。

而這些說法，無論是針對內容、風格還是創作動機，幾乎都與後世文人對於應制詩的批評，如出一轍，這是後人容易混淆的原因之一。

其次，則是公宴與應制範圍的界定上，在評議與選文上的標準不一。細究公宴詩，根據前引呂延濟「臣下在公家侍讌」的說法，已經說明了下令賦詩者，通常與寫作者具有政治上長官與下屬的關係。若輔以張銑在《文選》王粲（177-217）〈公讌詩〉之題下注云：「此侍曹操讌，時操未為天子，故云公讌。」[23]的論述，則似乎下令寫作公宴詩的長官身分，必須排除帝王。然而，就《文選》在「公讌」一類的選詩觀之，除了鄴下文人所寫的公宴詩外，還選入了許多應皇帝之命而在遊宴場合所作之詩，如：陸機（261-303）〈皇太子讌玄圃宣猷堂有令賦詩〉、應貞（？-269）〈晉武帝華林園集詩〉、范曄（398-445）〈樂遊應詔詩〉、顏延之（384-456）〈應詔讌曲水作詩〉、邱遲（464-508）〈侍讌樂遊苑送張徐州應詔詩〉，以及沈約（441-513）〈應詔樂遊苑餞呂僧珍詩〉。由此推知，在對公宴詩的理解上，蕭統等人的觀點與張銑並未一致。此應是造成後世論者容易混為一談的原因之二。故要探討六朝應制詩與權力關係前，首要釐清公宴與應制之差異，以利後續探討。

界定與公宴詩之別後，可歸結應制詩成立的必要條件有二：第一為詩人應令所完成之詩作；第二則是下令者的身份，必須是皇帝、太子或諸王。若少一項，就不能視為應制詩。以曹操父子所責成的詩作為例，曹氏父子在遊宴的場合中，命令下屬賦詩之作，皆可視為公宴詩；但要被視為應制詩，就必須檢視其身份。曹操（155-220）在建安十八年（213）突破漢代爵制而被封為魏公，[24]獲得十郡的封地，具

---

23 〔南朝梁〕昭明太子編、六臣注：《宋本六臣註文選》，頁367。

24 曹操在漢代制度下被封為魏公的突破及影響，可參見楊英：〈曹操「魏公」之封與漢魏禪代「故事」——兼論漢魏封爵制度之變〉，《蘇州大學學報（哲學社會科學版）》，2014年第5期（2014年），頁172-183。

備與諸侯王一樣的地位，接著又得到皇帝親賜「在諸侯王上」的待遇，最後在建安二十一年（216）進公爵為魏王。[25]因此，就曹操來說，至少要在建安十八年被封為魏公後，其所下令所作之詩，才能符合應制詩的定義（即屬諸王的應教詩）。其餘鄴下文人於此時受曹丕（187-226）、曹植之命所寫的詩，都不能算是應制詩，大多只能歸屬於公宴詩。只有當曹丕於建安二十五年（220），繼任為魏王，以及在同年登基為帝後，其所下令賦詩之作，始能被視為應教詩和應詔詩。而曹植也必須等到受封為鄄城王後（222），其所下令賦詩之作，才可視為應教詩。只是此時鄴下文人已凋零殆盡，不復當年賦詩遊樂之盛況，自然也沒有相關詩作流傳下來。值得一提的是，在此定義下，可發現有許多歷來在研究、評議應制詩時被忽略的樂府詩作，應被納入討論，例如：王粲的〈太廟頌歌〉、〈俞兒舞歌〉，據逯欽立《先秦漢魏晉南北朝詩》題下皆有注云：

> 建安十年（按：應為建安十八年），曹操為魏公，加九錫，始立宗廟，令王粲作此頌，以享其先。

> 宋書樂志曰：魏渝兒舞歌四篇，魏國初建所用，使王粲改創其辭。[26]

---

25 〔晉〕陳壽：《三國志・魏書・武帝紀》：「（建安十八年）五月丙申，天子使御史大夫郗慮持節策命公為魏公曰：『……今以冀州之河東、河內、魏郡、趙國、中山、常山、鉅鹿、安平、甘陵、平原凡十郡，封君為魏公。……魏國置丞相已下群卿百寮，皆如漢初諸侯王之制。』……（建安十九）三月，天子使魏公位在諸侯王上。……（建安二十一年）夏五月，天子進公爵為魏王。」（北京：中華書局，1997年11月），頁19-22。

26 逯欽立：《先秦漢魏晉南北朝詩》，頁525。

以曹操當時的身份，又是下令王粲寫樂府詩，完全符合應制詩的兩項必要條件，因此，在計算魏晉應制詩的數量時，應當將此類詩作計入，方為完整。

第二節　魏晉應制詩與政治權力的關係

一　政治地位所帶動的應制文學風氣

依前論，可知鄴下文學集團的許多公宴詩作不屬於應制詩的範圍，然而歷來仍經常將這些作品納入應制詩的討論，這應與當時曹氏父子的政治地位有很大的關聯。何詩海便認為：

> 鄴下酬唱時期，曹氏雖未稱帝，然自曹操「挾天子以令諸侯」以來，漢朝已名存實亡，曹氏父子成為北方的實際統治者，故亦視其酬唱為應制文學。[27]

這種說法，是將應制詩必備的條件之一：須由具備皇室身份者下令寫作，改以實際掌握的政治權力者來取代。曹操當時雖未稱帝、封王，但在「挾天子以令諸侯」的政治情勢下，其實質上所掌握的政治權力，較之皇室任一成員，皆有過之而無不及，故將曹操下令責成之作視為應制詩，似乎也有道理。然而，這看似合理的說法，反而造成了應制詩定義的不明確，各種例外情形可能隨之而來。不同朝代的權臣，若其實質權力凌駕皇權之上，或未封諸侯王，而權力已足以成為一方之霸，當臣屬承其令作詩時，這些作品是否亦可視為應制詩呢？

---

27 何詩海：〈東晉應制詩之蕭條及其文學史意蘊〉，頁23。

舉例來說,《世說新語・排調・第三十五》記載桓溫（312-373）與僚屬於三月三日聚會賦詩之事:

> 郝隆為桓公南蠻參軍。三月三日會,作詩,不能者罰酒三升。隆初以不能受罰,既飲,攬筆便作一句云:「娵隅躍清池。」桓問:「娵隅是何物?」答曰:「蠻名魚為娵隅。」桓公曰:「作詩何以作蠻語?」隆曰:「千里投公,始得蠻府參軍,那得不作蠻語也!」[28]

在三月三日上巳節聚會賦詩,似乎是兩晉文人的慣例,以現在的記載來看,所不同的是:西晉通常為皇室舉辦,如泰始二年（266）晉武帝在華林園與群臣宴會並賦詩;東晉則多為臣下、文人私下聚會,如永和九年（353）王羲之（303-361）蘭亭集會賦詩,以及上面所引〈排調〉記載桓溫與僚屬的聚會。依據應制詩的定義,則晉武帝於華林園下令所寫之詩,自然屬於應制詩,而蘭亭集會及桓溫命令僚屬所寫之詩,因提議、命令賦詩者的身份並非皇帝、太子或諸王,故不屬於應制詩。這本來可以區分得很清楚,但若按照何詩海的說法,則這些臣僚們於桓溫宴中奉令所賦之詩,屬於應制詩與否?就可能出現爭議。

根據《晉書・穆帝紀》的記載,桓溫擔任南蠻校尉是在永和元年（345）:

> 庚辰,以輔國將軍、徐州刺史桓溫為安西將軍、持節、都督荊司雍益梁寧六州諸軍事,領護南蠻校尉、荊州刺史。[29]

---

28 〔南朝宋〕劉義慶撰、徐震堮校箋:《世說新語校箋》（北京:中華書局,2001年8月）,頁432。

29 〔唐〕房玄齡等:《晉書・穆帝紀》（北京:中華書局,1997年11月）,頁60。

桓溫在這一年的九月,接任了六州軍事、南蠻校尉,並鎮守荆州,掌握了東晉長江中上游的兵權,勢力開始擴大。桓溫接著在永和三年(347)滅成漢,因功勳卓著,故在永和四年(348)秋八月,進位為征西大將軍、開府儀同三司,封臨賀郡公。又根據《世說新語・排調・第三十二》引《征西僚屬名》記載:

> 隆字佐治,汲郡人。仕(吳)至征西參軍。[30]

則大概可以推測,當桓溫進位至征西大將軍時,郝隆也從南蠻參軍變成征西參軍。如此,則〈排調〉所記載上巳節賦詩之事,應發生於永和二年至永和四年之間。東晉皇權低落,而桓溫掌握軍事重地荆州之軍權及地方治權,等於雄霸一方,朝廷對桓溫可說是多所忌憚。而征伐成漢一役,桓溫「上疏而行」,幾乎沒有把朝廷放在眼裡。劉惔也認為桓溫此役必勝,但恐也因此更助長其氣焰而「終專制朝廷」[31]。可見桓溫的權勢可說如日中天,加上具外戚身份(娶南康長公主,拜駙馬都尉),則權位烜赫如此,那麼其所舉行的上巳節賦詩,是否可算是應制詩?除此之外,桓溫亦曾在九月九日與僚屬聚會,《晉書・孟嘉傳》記載:

> 九月九日,溫燕龍山,僚佐畢集。時佐吏並著戎服,有風至,吹嘉帽墮落,嘉不之覺。溫使左右勿言,欲觀其舉止。嘉良久如廁,溫令取還之,命孫盛作文嘲嘉,著嘉坐處。嘉還見,即

---

30 〔南朝宋〕劉義慶撰、徐震堮校箋:《世說新語校箋》,頁430。

31 《晉書・劉惔傳》:「及溫伐蜀,時咸謂未易可制,惟惔以為必克。或問其故,云:『以蒱博驗之,其不必得,則不為也。恐溫終專制朝廷。』及後竟如其言。」,頁513。

> 答之，其文甚美，四坐嗟歎。[32]

此即「孟嘉落帽」之事。桓溫此時已任征西大將軍，所掌握的權勢更大，《晉書‧桓溫傳》記載：

> 以國無他釁，遂得相持彌年，雖有君臣之跡，亦相羈縻而已，八州士眾資調，殆不為國家用。聲言北伐，拜表便行，順流而下，行達武昌，眾四五萬。殷浩慮為溫所廢，將謀避之，又欲以騶虞幡住溫軍，內外噂沓，人情震駭。[33]

桓溫擅自調動軍隊出征，不僅使當時擔任中軍將軍、都督五州軍事的殷浩（？-356），感到恐懼，甚至還打算出動騶虞幡[34]以阻止桓溫的軍事行為。完全可以看出桓溫地位之高，掌握權力之重，已經凌駕朝廷之上。故此時桓溫命孫盛（302-373）寫文嘲諷孟嘉之作，是否也可算是應制文學？因此，為了避免衍生眾多不必要的例外狀況，而糾結於過多的但書，導致判別左右為難，故判斷作品是否歸於應制詩，還是以下令者的身分必須為皇帝、太子或諸王的身分為依據，較為合適且免爭議。

　　雖然曹氏父子與鄴下文學集團的作品，有相當部分並不能算是應制詩，但這些作品的確影響了後來應制文學風氣的盛行。清代王芑孫（1755-1817）的《讀賦卮言‧獻賦》云：

---

32 〔唐〕房玄齡等：《晉書‧孟嘉傳》，頁661。

33 〔唐〕房玄齡等：《晉書‧桓溫傳》，頁658。

34 〔清〕趙翼：《二十二史劄記‧卷八‧騶虞幡》：「晉制最重騶虞幡，每至危險時，或用以傳旨，或用以止兵，見之者輒慴伏而不敢動，亦一朝之令甲也。」（臺北：世界書局，2001年8月），頁104-105。

　　　　自魏以來，君臣之際多云同作，或命某作，或被詔作。[35]

王芑孫雖是談「獻賦」，但從「君臣」的身份，以及「或命某作，或被詔作」的方式，可知所指為應制類型之作。而所謂「自魏以來」，應該可以將時間上推至曹操在建安十五年（210）銅爵臺完成時，「悉將諸子登臺，使各為賦」的行為[36]，以及後來曹丕屢次「命作賦」之舉，如：

　　　　瑪瑙，玉屬也，出自西域，文理交錯，有似馬腦，故其方人因
　　　　以名之。或以繫頸，或以飾勒。余有斯勒，美而賦之，命陳
　　　　琳、王粲並作。（曹丕〈馬腦勒賦序〉）

　　　　文昌殿中槐樹。盛暑之時，余數遊其下，美而賦之。王粲直登
　　　　賢門小閣外，亦有槐樹，乃就使賦焉。（曹丕〈槐賦序〉）[37]

　　　　建安中，魏文帝從武帝出獵，賦命陳琳、王粲、應瑒、劉楨並
　　　　作。琳為〈武獵〉，粲為〈羽獵〉，瑒為〈西狩〉，楨為〈大
　　　　閱〉。凡此各有所長，粲其最也。（《古文苑・卷七》王粲〈羽
　　　　獵賦〉章樵注引摯虞〈文章流別論〉）[38]

---

35 轉引自王冠輯：《賦話廣聚・三》（北京：北京圖書館出版社，2006年12月），頁330。

36 〔晉〕陳壽：《三國志・魏書・陳思王植傳》：「時鄴銅爵臺新成，太祖悉將諸子登臺，使各為賦，植援筆立成，可觀，太祖甚異之。」頁150。

37 以上皆引自〔清〕嚴可均：《全上古三代秦漢三國六朝文・全三國文・卷五》（北京：中華書局，2009年2月），頁1074-1075。另外，〈馬腦勒賦〉亦可見參見陳琳〈馬腦勒賦序〉：「五官將得馬腦以為寶勒，美其英綵之光豔也，使琳賦之。」參見余紹初輯校：《建安七子集》（北京：中華書局，2012年7月），頁46。

38 〔宋〕章樵：《古文苑・卷七》（臺北：鼎文書局，1973年1月），頁181。

在這種以政治地位的上下關係，命令寫作的風氣帶動下，許多文體亦受影響，[39]詩體自然也不例外。曹丕〈敘詩〉云：

> 為太子時，北園及東閣講堂並賦詩。命王粲、劉楨、阮瑀、應瑒等同作。[40]

此時曹丕為魏王世子，故在定義上，這些作品不屬於應制文學，但其實除了下令者的身份之外，其他皆與應制文學無異（這也是為何歷來會將這些作品視作應制詩的原因），尤其是展現了作品與政治權力之間的關係，故將視其應制之先河，亦無不可。

魏晉應制詩的消長及應制風氣的變化，與中央政治權力的盛衰，實有很大的關聯。曹魏建國初期，北方政局雖稱穩定，但畢竟天下剛處於三分之態，鹿死誰手，尚未可知。曹丕未稱帝前，尚有諸多令鄴下文人寫作的公宴詩作，稱帝後，鄴下文人雖不復在，但在位七年，竟未有應制之作傳世，可推知國家政權尚未穩定，這類作品自然少有。魏明帝曹叡（204-239）的處境亦與魏文帝相差不多，外有蜀漢、東吳的屢次進攻，內有曹氏與司馬氏的政爭，政局亦非穩定。接著，在正始十年（249），司馬氏藉「高平陵之變」，把持朝政，大肆剷除異己，[41]曹氏政權產生極大的危機。在司馬氏掌權之時，僅有魏

---

39 例如：摯虞〈文章流別論〉：「建安中，文帝、臨淄侯各失稚子，命徐幹、劉楨等為之哀辭。」參見〔宋〕李昉：《太平御覽・卷五九六》（臺北：商務印書館，1974年10月），頁2817。

40 〔清〕嚴可均：《全上古三代秦漢三國六朝文・全三國文・卷七》，頁1091。

41 〔晉〕陳壽《三國志・魏書・曹真附曹爽傳》：「（正始）十年正月，車駕朝高平陵，爽兄弟皆從。宣王部勒兵馬，先據武庫，遂出屯洛水浮橋。……爽於是遣允、泰詣宣王，歸罪請死，乃通宣王奏事。遂免爽兄弟，以侯還第。初，張當私以所擇才人張、何等與爽。疑其有姦，收當治罪。當陳爽與晏等陰謀反逆，並先習兵，須

少帝曹髦（241-260）承襲了這種風氣。相關記載可見《初學記》引
《高貴鄉公集》：

> （高貴鄉公）幸華林，賜群臣酒。酒酣，上援筆賦詩，群臣以
> 次作。二十四人不能著詩，授罰酒，黃門侍郎鍾會為上。[42]

以及《三國志・魏書・三少帝紀》：

> （甘露二年）五月辛未，帝幸辟雍，會命群臣賦詩。侍中和
> 逌、尚書陳騫等作詩稽留，有司奏免官，詔曰：「吾以暗昧，
> 愛好文雅，廣延詩賦，以知得失，而乃爾紛紜，良用反仄。其
> 原逌等。主者宜勑自今以後，群臣皆當玩習古義，脩明經典，
> 稱朕意焉。」[43]

這兩則可能是目前最早而且較為可信，在魏晉時期，由帝王下令寫作
應詔詩的記錄。一次是曹髦遊華林園，酒酣之際寫詩，又命眾臣繼
和；另一次則是至辟雍時，命群臣賦詩。雖然進行賦詩活動的場合不
同，但無論是下令者的身份，還是眾臣受命寫作的行為，皆符合應制
詩的定義。此外，在這兩則記載中，還有兩點值得特別注意：首先，
此時應制寫作的活動，已不只是注意臣下能否寫出作品，還出現懲罰
性的舉動；其次，在華林園的賦詩活動中，開始對於詩作進行優劣的

> 三月中欲發，於是收晏等下獄。會公卿朝臣廷議，以為『春秋之義，「君親無將，
> 將而必誅」。爽以支屬，世蒙殊寵，親受先帝握手遺詔，託以天下，而包藏禍心，
> 蔑棄顧命，乃與晏、颺及當等謀圖神器，範黨同罪人，皆為大逆不道』。於是收
> 爽、羲、訓、晏、颺、謐、軌、勝、範、當等，皆伏誅，夷三族。」頁81-82。

42　〔唐〕徐堅等編：《初學記》（古香齋初學記，孔氏三十有三萬卷堂藏版）

43　〔晉〕陳壽：《三國志・魏書・三少帝紀》，頁45。

評價。這種優劣評價的出現，代表下令者的喜好，成為一種公開的寫作標準，使得文人有了更明確的遵循範圍。

　　十二歲即登基的曹髦，在位期間始終大權旁落，但他並未放棄重新取得政治實權，這可以從其極度推崇夏朝的少康窺知。[44]因此，曹髦之所以下令群臣賦詩，或許是想藉由應制詩在政治上的意義，刻意展現身為皇帝的權力，擺脫司馬氏的束縛。但可惜年紀尚輕，不久便在一時氣憤而討伐司馬昭（211-265）時身亡。曹魏一朝，在內憂外患頻仍的情況下，應制詩數量極少的情形，便顯得合理。

　　應制寫作的風氣，到了西晉，有了長足的進展。晉武帝司馬炎（236-290）建立晉朝時，蜀漢已滅亡；東吳雖存，但無論是在國力還是形勢上，都明顯遜於西晉許多。司馬炎大權在握，志得意滿，應制詩便在這種心態下，應運而生。《文選》李善（630-689）注應貞〈晉武帝華林園集詩〉記載：

---

44 《三國志・魏書・三少帝紀》引《魏氏春秋》記載：「（甘露元年）二月丙辰，帝宴群臣於太極東堂，與侍中荀顗、尚書崔贊、袁亮、鍾毓、給事中中書令虞松等並講述禮典，遂言帝王優劣之差。帝慕夏少康。因問顗等曰：『有夏既衰，後相始滅，少康收集夏眾，復禹之績，高祖拔起隴畝，驅帥豪儁，芟夷秦、項，包舉宇內，斯二主可謂殊才異略，命世大賢者也。考其功德，誰宜為先？』顗等對曰：『夫天下重器，王者天授，聖德應期，然後能受命創業。至於階緣前緒，興復舊績，造之與因，難易不同。少康功德雖美，猶為中興之君，與世祖同流可也。至如高祖，臣等以為優。』帝曰：『自古帝王，功德言行互有高下，未必創業者皆優，紹繼者咸劣也。湯、武、高祖雖俱受命，賢聖之分，所覺縣殊。少康、殷宗中興之美，夏啟、周成守文之盛，論德較實，方諸漢祖，吾見其優，未聞其劣；顧所遇之時殊，故所名之功異耳。少康生於滅亡之後，降為諸侯之隸，崎嶇逃難，僅以身免，能布其德而兆其謀，卒滅過、戈，克復禹績，祀夏配天，不失舊物，非至德弘仁，豈濟斯勳？漢祖因土崩之勢，仗一時之權，專任智力以成功業，行事動靜多違聖檢；為人子則數危其親，為人君則因繫賢相，為人父則不能衛子；身沒之後，社稷幾傾，若與少康易時而處，或未能復大禹之績也。推此言之，宜高夏康而下漢祖矣。』」頁43-44。從「帝慕夏少康」以及底下曹髦與眾臣的對話，可以強烈的感受到，曹髦有志於恢復對於朝廷的控制權。

干寶《晉記》曰：「泰始四年二月，上幸芳林園，與群臣宴，賦詩觀志。」孫盛《晉陽秋》曰：「散騎常侍應貞詩最美。」[45]

這次的應制詩活動，除了延續前述曹髦對於眾人詩作，進行優劣評價的方式外，值得玩味的是，皇帝司馬炎本身既不喜好寫作，甚至可能稱不上是文學的愛好者，與前朝曹氏諸人，落差甚大，這代表皇室可能開始注意應制活動所帶來的政治效益，也就是透過應制詩的寫作，一方面作為展現政治權力的儀式，以顯示自己的權勢，另一方面也透過對臣子的賞賜，刻意展現自己對於內容、風格的偏好，籠絡群臣，藉以鞏固自身崇高的地位；而臣子也能透過寫作詩歌，來換取政治、財物或名聲上的利益。這顯示了應制詩的發展，不但逐漸固定為以皇室喜好為主的寫作模式與風格，皇室與臣子也開始透過此活動中，換取彼此所需的利益。

以被稱賞「最美」的應貞〈晉武帝華林園集詩〉為例，此詩為四言，內容很明顯的都是讚美及期許建國之業。例如詩中有「於時上帝，乃顧惟眷。光我晉祚，應期納禪」之句，直接以上天眷顧晉德，指出魏禪位於晉的正當性。[46]又以「位以龍飛，文以虎變」比喻晉武帝順應即位，而德行事功、禮樂法度也就興盛起來。[47]故此詩之所以可以得到「最美」的封號，應該就是應貞掌握了司馬炎建國初期志得意滿的心態，了解司馬炎所謂「賦詩觀志」之意，即是要臣子在詩中表明對晉室之心態；再加上應貞運用較易呈現「雅潤」風格的四言

---

45 〔南朝梁〕蕭統編、〔唐〕李善注：《文選》（臺北：五南圖書出版有限公司，1999年9月），頁512。

46 劉良注應貞〈晉武帝華林園集詩〉「應期納禪」句下云：「言上天眷我晉德，故應期運而納於魏禪。」〔南朝梁〕昭明太子編、六臣注：《宋本六臣註文選》，頁373。

47 李周翰注應貞〈晉武帝華林園集詩〉「位以龍飛，文以虎變」句下云：「龍飛喻天子起升位也。言天子既即位，文章蔚然如虎豹之變也。」頁373。

詩，[48]使整首詩更加符合司馬炎心中的要求，故能被評選為第一。這已完全可見應制詩的內容、風格，與下令者自身偏好的關係，益趨緊密。目前可見由司馬炎所令之作，尚有：荀勗（？-289）〈從武帝華林園宴詩〉、〈三月三日從華林園詩〉，還有程咸〈平吳後三月三日從華林園詩〉、王濟〈平吳後三月三日華林園詩〉，張華（232-300）〈太康六年三月三日後園會詩〉。不難想見應制詩的寫作，愈發勃興。

　　受此風氣影響，西晉的應制詩除了有帝王所令寫的應詔詩外，由太子所令寫的應令詩，以及由諸王所令寫的應教詩，均有不少作品。許多西晉有名的文人，也都有應制詩作，例如：張華有〈祖道征西應詔詩〉、〈祖道趙王應詔詩〉，陸機有〈皇太子宴玄圃宣猷堂有令賦詩〉、〈元康四年從皇太子祖會東堂詩〉，陸雲（262-303）有〈大將軍宴會被命作詩〉[49]、〈征西大將軍京陵王公會射堂皇太子見命作此詩〉、〈大安二年夏四月大將軍出祖王羊二公於城南堂皇被命作此詩〉，潘岳（247-300）有〈關中詩〉，潘尼（約250-約311）則有〈七月七日侍皇太子宴玄圃園詩〉[50]、〈皇太子集應令詩〉。從這些詩作中可以發現，就此時應制詩的內容而言，不但有遊宴時的歡愉，餞別時的離情也成了此時期常見的主題。除了前述張華的兩首作品外，尚有王濬（206-286）的〈祖道應令詩〉，何劭（236-301）的〈洛水祖王公應詔詩〉，王讚（？-311）的〈侍皇太子祖道楚淮南二王詩〉等作品，這顯示了應制詩創作題材開始拓展。

---

48 《文心雕龍・明詩》云：「若夫四言正體，則雅潤為本；五言流調，則清麗居宗，華實異用，惟才所安。」〔南朝梁〕劉勰著、周振甫注：《文心雕龍注釋》（臺北：里仁書局，1998年9月），頁85。

49 陸雲〈大將軍讌會被命作詩〉一詩，所指的大將軍為司馬倫，時為趙王，故可視為應教詩。

50 逯欽立：「案《初學記・十》引潘岳詩序云：『七月七日，皇太子會於玄圃，有令賦詩。』當即此篇原序。」《先秦漢魏晉南北朝詩》，頁765。

　　魏晉應制詩的寫作與數量，在晉武帝司馬炎及晉惠帝司馬衷
（259-307）二朝時出現高峰，之後便突然迅速的消失，尤其是東晉
時期，相較於西晉與南朝，關於應制詩的作品及相關記載很少，目前
普遍認為僅存劉毅〈西池應詔賦詩〉的殘句。這種獨特的情形，何詩
海認為：

> 東晉應制詩何以蕭條？其原因是受到政治上門閥興起的影響，
> 而非清談等學術文化因素。……東晉皇權不振，導致以歌功頌
> 德為主的應制詩的蕭條；換言之，東晉應制詩的蕭條正是皇權
> 低落在文學領域的表現……[51]

何詩海從應制詩的消長，觀察出皇權地位的高低與之有關，從而指出
「東晉應制詩的蕭條，恰恰表現了傳統詩教在維護君臣關係這一封建
綱常中已喪失了其固有的作用」[52]。此說很有見地，雖然不見得要由
傳統詩教來解釋，但同前論，應制詩的消長與中央政治權力的盛衰確
實有很深的關聯。整個東晉，皇權不斷面臨危機，除了門閥世族興起
外，還存在更根本的問題：長期的內憂與外患。東晉的外患，前期在
西有成漢，北有前趙、後趙；中期有前燕、前秦；雖然在淝水之戰
（383）後，東晉國勢一度強盛，但後秦、後燕、北魏相繼而起，威
脅始終不斷。但更棘手的是，國內的叛亂與權臣干政，也幾乎從未間
斷──先有王敦之亂（322-324），蘇峻、祖約之亂（327-329）；中期
有桓溫干預朝政；後期則有王恭兩次舉兵相向（397-398）、孫恩之亂
（399-402）、盧循之亂（403-411）、桓玄叛變（403-404）；最後由掌握
大權、消除所有政敵的劉裕（363-422）建立劉宋，東晉滅亡。在這種

---

51 何詩海：〈東晉應制詩之蕭條及其文學史意蘊〉，頁25、27。
52 何詩海：〈東晉應制詩之蕭條及其文學史意蘊〉，頁27。

情形下，原本應是以皇室為核心所建立起來的應制詩，會突然消失，也就不令人意外了。因為當中央所掌控的政治權力衰微，應制詩的主要核心即告消失，即使類似的寫作模式還存在，卻也因為核心人物（即下命令之人）非帝王、太子或諸王，而不能再稱之為應制詩了。

以前面提及，東晉僅存的劉毅〈西池應詔賦詩〉進行討論，或可約略看出端倪。此詩的創作背景，據《晉書·劉毅傳》記載：

> 初，裕征盧循，凱歸，帝大宴於西池，有詔賦詩。毅詩云：「六國多雄士，正始出風流。」自知武功不競，故示文雅有餘也。[53]

從劉裕凱歸、劉毅「自知武功不競」[54]來看，可知寫作的時間應在義熙七年（411年）盧循之亂平定時。當時的皇帝晉安帝司馬德宗（396-419），自即帝位後，不僅大權旁落司馬道子（364-403）、司馬元顯（382-402）父子，內亂外患更是接踵而來，東晉後期的內亂：王恭、孫恩、盧循、桓玄，皆在其任內，尤其桓玄之亂時，不但被迫退位，戰爭時亦被脅持。同時，後秦、南燕、譙蜀又分食東晉領土，東晉幾近滅亡。但在義熙七年，盧循兵敗自殺，所有內亂戰爭終於平息。而在義熙五年，劉裕又滅了南燕，收復齊地。一時之間，東晉似

53　〔唐〕房玄齡等：《晉書·劉毅傳》，頁567。

54　《晉書·劉毅傳》：「朝議欲奉乘輿北就中軍劉裕，會毅疾瘳，將率軍南征，裕與毅書曰：『吾往與妖賊戰，曉其變態。今修船垂畢，將居前撲之。克平之日，上流之任皆以相委。』又遣毅從弟藩往止之。毅大怒，謂藩曰：『我以一時之功相推耳，汝便謂我不及劉裕也！』投書於地。遂以舟師二萬發姑孰。……循乃引兵發巴陵，與道覆連旗而下。毅次於桑落洲，與賊戰，敗績，棄船，以數百人步走，餘眾皆為賊所虜，輜重盈積，皆棄之。毅走，經涉蠻晉，飢困死亡，至得十二三。參軍羊邁竭力營護之，僅而獲免。」頁567。

乎又有中興之勢，雖然當時大權仍在劉裕手上，但對晉安帝來說，總是迎來了皇權暫時的穩定，因此，大宴賦詩，雖是慶賀劉裕凱旋歸來，實則也是皇權之展示。只是，這種情形轉瞬即逝，隨著劉裕勢力的擴大，此後很難再有機會藉著應制詩展現皇權了。

　　值得一提的是，劉裕於義熙十四年（418年）受封為宋公，建「宋國」，至元熙元年（419年）再進爵為宋王，[55]此時期據《宋書·孔季恭傳》記載，曾有命屬下賦詩之事：

> 宋臺初建，令書以為尚書令，加散騎常侍，又讓不受，乃拜侍中、特進、左光祿大夫。辭事東歸，高祖餞之戲馬臺，百僚咸賦詩以述其美。[56]

雖此事發生於劉裕進爵宋王之前，但因其已建宋國，且身分已由天子詔示「位在諸侯王上」，故此次在戲馬臺命屬下餞別賦詩之作品，實可視同諸侯王所令之應制詩（與第一節論曹操情況類同）。因此，東晉其實尚有其他的應制詩作，只是因為劉裕後來取代東晉，建立了劉宋，故容易被置於劉宋或南朝時期討論。

---

55 《宋書·武帝紀中》：「（義熙十二年十月）天子詔曰：『……其進位相國，總百揆，揚州牧，封十郡為宋公，備九錫之禮，加璽綬、遠遊冠，位在諸侯王上，加相國綠綟綬。』〈策〉曰：『……今進授相國，以徐州之彭城、沛、蘭陵、下邳、淮陽、山陽、廣陵，兗州之高平、魯、泰山十郡，封公為宋公。』……（義熙十三年十月）天子詔曰：『……其進宋公爵為王，以徐州之海陵、東安、北琅邪、北東莞、北東海、北譙、北梁，豫州之汝南、北潁川、北南頓凡十郡，益宋國。』……（義熙十四年）六月，受相國宋公九錫之命。……元熙元年正月，詔遣大使徵公入輔。又申前命，進公爵為王。以徐州之海陵、北東海、北譙、北梁，豫州之新蔡，兗州之北陳留，司州之陳郡、汝南、潁川、滎陽十郡，增宋國。七月，乃受命。」（北京：中華書局，1997年11月）頁18-20。

56 〔南朝梁〕沈約等：《宋書·孔季恭傳》，頁393。

二　魏晉應制詩與政治的對話——應制詩的正格與其他

從文學性的角度來看，應制詩有其獨特的寫作方式與風格。葛立方（？-1164）《韻語陽秋‧卷二》認為：

> 應制詩非他詩比，自是一家句法，大抵不出典實富艷爾。夏英
> 公〈和上元觀燈詩〉云……王岐公詩云……二公雖不同時，而
> 二詩如出一人之手，蓋格律當如是也。丁晉公〈賞花釣魚詩〉
> 云……胡文公云……鄭毅夫……皆典實富艷有餘。若作清癯平
> 淡之語，終不近爾。[57]

「自是一家句法」之說，已經視應制詩為一種完整而獨立的詩體，無論是在創作方式或風格呈現，都有相對應的規範準則。葛立方底下再以夏竦（985-1051）、王珪（1019-1085）兩人之詩為例說明，之所以有「二詩如出一人之手」的情形，就是因為遵循這種規範準則所造成的結果。接著再以丁謂（966-1037）、胡宿（995-1067）、鄭獬（1022-1072）三人之詩作，來顯示應制詩應呈現的「典實富艷」風格。若是呈現如「清癯平淡之語」，反而不是應制詩該有的風格。吳汝、吳英的《歷朝應制詩選‧凡例》也談到：

> 應制詩體必須冠裳珮玉，以正格為主。如初唐去古不遠，即律
> 詩格調未敢深求。其盛、中、晚諸詩兩聯，或用重調，或情少
> 景多，或聲調不協及純用實字填塞者，俱不入選。[58]

---

57 〔宋〕葛立方：《韻語陽秋》，收入〔清〕永瑢、紀昀等編：《景印文淵閣四庫全書》，頁1479-92。

58 〔清〕吳汝、吳英：《歷朝應制詩選》，頁54-9。

吳汶、吳英以「冠裳珮玉」為應制詩的「正格」，其實就是葛立方所說的「典實富艷」。差別只在於葛立方更為突顯了「典實」這個涉及到作者博物能力的部分。不過，在這段論述中，吳汶、吳英也進一步的確立了了應制詩的評價標準：若是「用重調，或情少景多，或聲調不協及純用實字填塞者」，都不算是好的應制詩作。

這種「典實富艷」和「冠裳珮玉」的風格，雖然常被認為是應制詩最大的缺點，但若從應制詩寫作時的整體情境來看，反而可以讓我們產生新的思考——應制詩其實是文人與政治權力的對話，是文人將自身能力展現於政治場合的產物，也是文人進行社會互動行為時的一種工具。程建虎認為：

> 應制詩是一種政治話語，承載著政治意識型態功能，是君——臣語境中的言說。它是一種文化資本，臣子借此獲取君主的賞識和拔擢，而將文化資本置換為權力。由於應制詩的「裁判」是君主，因此文化資本的內容隨著君主的價值觀、知識結構、興趣愛好甚至施政方略的不同而有所變化。臣子要時刻揣摩主上之意，在自己的作品中對敏感的內容做出調整，以迎合帝王。[59]

程建虎將應制詩視為文人在爭取政治權力時的文化資本，文人憑藉著君王對於應制詩的看重，藉以轉換成君王的賞識及政治地位。換言之，應制詩就是一場文人與皇權在政治場合上的對話。因此，應制詩的價值就是在「用」；目的則是在政治場合中取得發聲權。所以文人透過寫作應制詩，在帝王面前展現自身之才能，並透過揣摩在上位者

---

59 程建虎：《中古應制詩的雙重觀照》，頁144。

的喜好，以獲取更高、更優渥的獎賞或地位，原就是順應應制詩的本
質。至於是否具有文學上或藝術上的價值？恐怕是文人其次的考量
了。許多評論者以文學或藝術的觀點來抨擊應制詩，其實是不了解應
制詩的本質所致。

在這場對政治的對話中，除了善頌諂媚、迎合上意，以獲取更多
的政治資源與權力外，若是放棄獲取政治權益的目的，而希望能透過
應制詩達到諷喻言志效果的話，反而可能取得效果。這是因為臣子能
直接面對皇室發聲，並顯示自己完整的想法。薛雪（1681-1770）的
《一瓢詩話》中曾云：

> 人言應制、早朝等詩，從無佳作。非無佳作也，人自不佳耳。
> 故凡此等詩竟將堂皇冠冕之字，纍成善頌善禱之辭，獻諛呈
> 媚，豈有佳作？若以堂皇冠冕之字，寓箴規、陳利弊，達萬方
> 之情于九重之上；雖求其不佳，亦不可得也。[60]

「堂皇冠冕」是應制詩在文體上展現的基本風格，然而，過度的「堂
皇冠冕」便會呈現「善頌善禱」、「獻諛呈媚」。薛雪認為，之所以會
有這類不受好評之作，並非因應制詩本身之侷限，而是由於寫作者夤
緣求進的企圖，使得應制詩的品相卑下。反之，若能以冠冕堂皇之詞
「寓箴規、陳利弊」，則應制詩亦可為佳作。薛雪之說，一方面顯示
了應制詩在文人心中普遍不佳的評價，另一方面，其實也代表了文人
對於應制詩的一種期待：透過諷喻言志，強化應制詩的深層涵義。這
種觀點明顯是在站在情志批評的立場，為應制詩的價值與意義，尋求
解套的方法，卻沒有注意應制詩本就是一場政治場合中的對話，出現

---

60 〔清〕薛雪著、杜維沫校注：《一瓢詩話》（北京：人民文學出版社，1998年5月），
　頁105。

「獻諛呈媚」之語，是其常態。時代較薛雪更早的宋代吳聿《觀林詩話》亦曾論及當世應制詩的現況，並提出反思：

> 漢武〈柏梁臺〉，群臣皆聯七言，或述其職，或謙敘不能。至左馮翊曰：「三輔盜賊天下尤。」右扶風曰：「盜阻南山為民災。」京兆尹曰：「外家公主不可治。」則又有規警之風。及宋孝武〈華林都亭〉，梁元帝〈清言殿〉，皆效此體，雖無規儆之風，亦無佞諛之辭，獨敘叨冒愧慚而已。近世應制，爭獻諛辭，褒日月而諛天地，唯恐不至。古者賡載相戒之風，於是掃地矣。[61]

雖然指的是趙宋時的情況，但大致上與薛雪之見相類，認為應制詩其實是可以具有「規警之風」的。因為在歡愉的場合中，以應制詩「寓箴規、陳利弊」，確實較容易達成「主文而譎諫」，使得「言之者無罪，聞之者足以戒」（〈詩大序〉語）的理想，成為可能。誠然，就應制詩寫作時的整體情境而言，奉令寫作者若不以獲取政治權益為目的，而是希望藉此將諷諭／己志傳達上聽的話，應制詩的寫作確實可能是最佳途徑之一。而我們以此觀點來檢視魏晉時期的應制詩，也確實可以發現有正格以外的應制詩存在。

曹魏時期符合應制詩定義的作品不多，故不容易判斷其內容。而從前述所引曹髦命臣下賦詩之事來看，既有屬於直接下令的型態（「帝幸辟雍，會命群臣賦詩」），也有和皇帝之詩的型態（「上援筆賦詩，群臣以次作」），後者更是可以藉此取得皇帝的賞識。

到了晉武帝一朝，應制詩大量出現，這當然與皇室看待應制詩的

---

61 〔宋〕吳聿：《觀林詩話》，收入《歷代詩話續編》（臺北：藝文印書館，1983年6月），頁123。

態度有關。此時期應貞〈晉武帝華林園集詩〉寫於建國初期，程咸〈平吳後三月三日從華林園詩〉、王濟〈平吳後三月三日華林園詩〉寫於天下統一之後，完全可見晉武帝欲藉應制詩以歌功頌德之用心。文人們對此情形亦了然於心，故能順應為之。風氣所及，時為太子之惠帝，亦有下令文人寫作應制詩。梅家玲曾觀察西晉文士們現存的詩作，發現一個現象：

> 非但其詩集中，普遍皆出現應制、應詔之作，史傳之中，亦對其時文士攀附王室、結交權貴的情形，多有記述。[62]

這正是因為皇室刻意為之，使應制之風盛行，文人可以透過應制詩順應上意以「攀附王室」，在政治場合上取得話語權，及隨之而來的政治利益，可說是應制詩的常見型態，歷代文人學者所討論及批評的應制詩，多屬此類。

　　至於應制詩的另一種型態：諷喻言志，也同時出現在西晉。例如：《世說新語・排調・第五》記載孫皓（243-284）在投降晉朝後，曾應晉武帝司馬炎的要求，在宴會中即席寫了一首〈爾汝歌〉：

> 晉武帝問孫皓：「聞南人好作〈爾汝歌〉，頗能為不？」皓正飲酒，因舉觴勸帝而言曰：「昔與汝為鄰，今與汝為臣。上汝一梧酒，令汝壽萬春。」帝悔之。[63]

62　梅家玲：〈二陸贈答詩中的自我、社會與文學傳統〉，收入《漢魏六朝文學新論》（北京：北京大學出版社，2004年11月），頁161。

63　〔南朝宋〕劉義慶著、余嘉錫箋疏：《世說新語箋疏》（北京：北京中華書局，2011年3月），頁918。

〈爾汝歌〉是當時吳地流行的一種詩體。形式上為五言四句，寫作方式則是在每一句詩中，皆嵌入「爾」或「汝」字。據《三國志》記載，孫皓寫這首詩時，已投降晉朝而被晉武帝封為「歸命侯」，[64]雖然衣食無虞，但亡國之君的身份，往往容易受到調侃。〈爾汝歌〉既為吳地流行之詩體，那麼晉武帝之命令，明顯是刻意想喚起孫皓經歷亡國的記憶，這就像是司馬昭「作故蜀技」後，又問劉禪（207-271）「頗思蜀否？」[65]是一樣的用意。孫皓之詩既是奉晉武帝之命所寫，則這首詩的主旨，表面上看起來是在奉承晉武帝，故有「壽萬春」之稱頌，與一般應制詩無異；然而，孫皓不但在開頭以「昔為鄰」、「今為臣」來比喻兩人地位的消長，巧妙地回應了晉武帝原本隱含的調侃之意。然後又刻意選擇「汝」字嵌入詩中，用來指稱晉武帝。本來以臣下的身份而言，此舉自屬不敬，但因為是配合〈爾汝歌〉的形式，故武帝亦不能以此降罪。是故，司馬炎之所以「悔之」，應該是被孫皓反將一軍，而後悔命其作詩了。可見當時也確實有臣子藉由寫作應制詩時，以奉承之語句得到諷喻的效果。

此外，李密（224-287）的〈賜餞東堂詔令賦詩〉，也是在應制詩中加入諷刺之涵義。根據《晉書・李密傳》記載：

---

64 〔晉〕陳壽：《三國志・吳書・三嗣主傳》：「（太康元年）四月甲申，詔曰：『孫皓窮迫歸降，前詔待之以不死，今皓垂至，意猶愍之，其賜號為歸命侯。進給衣服車乘，田三十頃，歲給穀五千斛，錢五十萬，絹五百匹，綿五百斤。』」頁306。

65 〔晉〕陳壽：《三國志・蜀書・後主傳》裴松之注引《漢晉春秋》：「司馬文王與禪宴，為之作故蜀技，旁人皆為之感愴，而禪喜笑自若。王謂賈充曰：『人之無情，乃可至於是乎！雖使諸葛亮在，不能輔之久全，而況姜維邪？』充曰：『不如是，殿下何由並之。』他日，王問禪曰：『頗思蜀否？』禪曰：『此間樂，不思蜀。』郤正聞之，求見禪曰：『若王後問，宜泣而答曰：「先人墳墓遠在隴、蜀，乃心西悲，無日不思」，因閉其目。』會王復問，對如前，王曰：『何乃似郤正語邪！』禪驚視曰：『誠如尊命。』左右皆笑。」頁237。

密有才能，常望內轉，而朝廷無援，乃遷漢中太守，自以失分懷怨。及賜餞東堂，詔密令賦詩，末章曰：「人亦有言，有因有緣。官無中人，不如歸田。明明在上，斯語豈然！」武帝忿之，於是都官從事奏免密官。[66]

李密自認有才能，卻因「朝廷無援」而無法至中央任官，故心懷怨懟。趁著受命擔任漢中太守，晉武帝賜宴餞別並下令賦詩之時，以應制詩作來諷刺這種情況，不滿之情溢於言表。雖然因此惹惱了晉武帝，產生了反效果，但仍可發現應制詩的內容，並不都是歌功頌德的型態。

而潘岳的〈關中詩〉亦可視為一例討論。此詩根據逯欽立題下注：

《詩紀》云：「惠帝元康六年，氐賊齊萬年與楊茂於關中反亂。既平，帝命諸臣作關中詩。岳上表曰：『詔臣作關中詩，輒奉詔竭愚作詩一篇。案《漢記》孝明時護羌校尉竇林上降羌顛岸，以為羌豪。岸兄顛吾復降，問事狀，林對前後兩屈，坐誣調下獄死。齊萬年編戶隸屬，為日久矣，而死生異辭，必有詭謬，故引證喻，以懲不恪。』」[67]

關中之亂是氐人齊萬年（？-299）在元康六年（296）被匈奴、羌等外族推舉為帝後，於秦、雍一帶起兵，攻打晉朝，關中震動。此次叛亂直至元康九年（299）因齊萬年兵敗被殺，始告結束。晉惠帝司馬衷在平定後，或因大喜而命諸臣賦詩，只是目前僅存潘岳之作。然而，關中之亂雖已平定，但在征討期間所發生之事，卻讓潘岳感到質

---

66 〔唐〕房玄齡等：《晉書・孝友傳・李密傳》，頁584。
67 逯欽立：《先秦漢魏晉南北朝詩》，頁627。

疑，故在奉召寫詩時，一方面稱頌皇室，一方面也加入許多對關中之
亂的批評。崔瑞萍便認為：

> 在〈關中詩〉中，潘岳將筆鋒主要指向四點：趙王倫請命不
> 准、處死駁免、孟觀捷報虛實和齊萬年生死異詞的處理。從這
> 些問題可以看出，〈關中詩〉寫的實質上是對處罰不公、政治
> 不明的憤慨。[68]

其中關於齊萬年「死生異辭」一事，潘岳在〈上關中詩表〉中，即清
楚的點出，並認為此事「必有詭謬，故引證喻，以懲不恪」。所謂「死
生異辭」之事，據《文選》李善「紛紜齊萬，亦孔之醜」句下注：

> 謂爭萬年也。王隱《晉書》曰：「初，夏侯駿上言斬氏帥齊萬
> 年，及孟觀至，大戰數十，生送萬年。」[69]

可見是當時將領相互爭功，致使虛報戰績。故潘岳才以東漢竇林之事
比喻之。此事可見於范曄《後漢書·西羌傳》：

> 永平元年，復遣中郎將竇固、捕虜將軍馬武等擊滇吾於西邯，
> 大破之。……以謁者竇林領護羌校尉，居狄道。林為諸羌所信，
> 而滇岸遂詣林降。林為下吏所欺，謬奏上滇岸以為大豪，承制
> 封為歸義侯，加號漢大都尉。明年，滇吾復降，林復奏其第一
> 豪，與俱詣闕獻見。帝怪一種兩豪，疑其非實，以事詰林。林

---

68 崔瑞萍：〈潘岳應制詩中有標格〉，《洛陽大學學報》第22卷第3期（2007年9月），頁
　　31。
69 〔南朝梁〕蕭統編、〔唐〕李善注：《文選》，頁505。

辭窮，乃偽對曰：「滇岸即滇吾，隴西語不正耳。」帝窮驗知
之，怒而免林官。會涼州刺史又奏林臧罪，遂下獄死。[70]

潘岳刻意提及此事，明顯對出征將領爭功之舉不滿，詩中甚至出現
「不見竇林，伏尸漢邦」的強烈批評。但如此強烈的論述，恐怕不僅
僅是針對虛報戰功之事，應還有不滿夏侯駿、梁王司馬肜（？-302）
因私人恩怨，設計讓周處（236-297）戰死，而盧播、解系（？-
300）亦為幫兇，[71]故希望皇帝能秉公處理，懲處失職將領。勸諫的論
述出現在應制詩中，在此時期已是特別，何況後面還出現「以古況
今，何足曜威」之語，更是突出。至於其他關於出戰決策搖擺不定、
戰事論功行賞，以及懲處的不公，此詩皆有所批評。雖然詩的最後仍
以「明明天子，視民如傷。申命群司，保爾封疆」作結，但與其當成
逢迎諂媚之語，不如視為潘岳對於晉惠帝的期待。總之，此詩雖屬應
制之作，但在歌頌皇室的同時，亦能展現出對時政的批評。

　　諷刺言志一類的應制詩，雖然一直不是主流，數量也不多，但在
應制詩發展初期的魏晉，已能見到此種類型的產生，實可證明文人以
應制詩在政治場合進行的對話中，並不限於善頌逢迎、迎合上意的內
容，而在「典實富艷」、「冠裳珮玉」的風格下，仍可蘊含諷諫之意。
後來薛雪會有「若以堂皇冠冕之字，寓箴規、陳利弊，達萬方之情于

---

70 〔南朝宋〕范曄：《後漢書》（北京：中華書局，1997年11月），頁745。

71 《晉書‧周處傳》：「時賊屯梁山，有眾七萬，而駿逼處以五千兵擊之。處曰：『軍
　無後繼，必至覆敗，雖在亡身，為國取恥。』肜復命處進討，乃與振威將軍盧播、
　雍州刺史解系攻萬年於六陌。將戰，處軍人未食，肜促令速進，而絕其後繼。處知
　必敗，賦詩曰……言畢而戰，自旦及暮，斬首萬計。弦絕矢盡，播、系不救。左右
　勸退，處按劍曰：『此是吾效節授命之日，何退之為！且古者良將受命，鑿凶門以
　出，蓋有進無退也。今諸軍負信，勢必不振。我為大臣，以身徇國，不亦可乎！』
　遂力戰而沒。」頁407。

九重之上；雖求其不佳，亦不可得也」的說法，或許便是觀察到魏晉應制詩，即有此類作品。

第三節　南朝應制詩的發展及其與政治權力的關係

一　南朝文學集團促進應制詩的發展

　　所謂「文學集團」是指「為了從事文學創作、文學評論或其他文學活動而組成的、共同進行文學活動的團體」。[72]近代已有不少學者在研究六朝詩歌時，嘗試從「文學集團」的角度切入探討，[73]這使得對於六朝詩歌的研究，除了個人的抒情言志，或是作品的藝術美感之外，也開始加入了社會文化性的層面。以目前對於文學集團發展的討論來看，南朝應是最興盛的時期；而六朝應制詩的數量，也在南朝時期大幅的增加，兩者之間實有著密切的關係。本節即先從此角度切入討論。

　　前一節已經提及應制詩的發展，至東晉時因為「皇權低落」而幾近消失，劉宋代東晉後，才再度興起。宋武帝劉裕在東晉末年位居宋公、宋王時，已有命令屬下賦詩活動的記載；至登基後，雖然沒有載

---

72 胡大雷：《中古文學集團》（桂林：廣西師範大學出版社，1999年5月）〈前言〉，頁1。亦可參見朱錦雄：《六朝「詩歌遊戲化」現象研究》（新北：花木蘭文化事業有限公司，2017年9月），頁51-54。

73 除了前引之胡大雷：《中古文學集團》、朱錦雄：《六朝「詩歌遊戲化」現象研究》之外，尚可參見劉漢初：《蕭統兄弟的文學集團》，臺北：國立臺灣大學中文系碩士論文，1975年6月；呂光華：《南朝貴遊文學集團研究》，臺北：國立政治大學中文系博士論文，1990年5月；郭英德：《中國古代文人集團與文學風貌（修訂版）》（北京：中國人民大學出版社，2012年10月）；沈凡玉：《六朝同題詩歌研究》（臺北：國立臺灣大學出版中心，2015年11月）；祁立峰：《遊戲與遊戲之外：南朝文學題材新論》（臺北：政大出版社，2015年6月）。

於史冊的應制活動，但顧紹柏據謝靈運〈三月三日侍宴西池〉及顏延之〈三月三日詔宴西池〉二首詩的內容推論，認為此二作應是寫於宋武帝永初二年（421），其《謝靈運集校注》云：

> 按劉裕宴於西池，史書不載，此從《藝文類聚》卷三所收靈運〈三月三日侍宴西池〉、顏延之〈三月三日詔宴西池〉二詩推出。劉裕於永初元年六月即位，自無在是年三月三日設宴的可能。永初三年三月，劉裕病重，五月去世，是年設宴西池的可能性也很小。以情理論，宋朝甫建，裕志得意滿，正好借這第一個三月三日的吉日良辰，邀集群臣飲宴，讓文士們賦詩捧場。[74]

按此為劉裕以劉宋王朝皇帝身份大宴西池，並詔令寫作，應是整個南朝時期最早的應制詩寫作紀錄。自此之後，整個南朝的應制詩寫作，便如雨後春筍般蓬勃開展，史書上有許多相關的記載，例如：

> 文帝元嘉十一年三月丙申，禊飲于樂遊苑，且祖道江夏王義恭、衡陽王義季，有詔，會者賦詩。（《文選》顏延之〈應詔讌曲水作詩〉題下注引裴子野《宋略》）[75]

> （建元元年九月）戊申，車駕幸宣武堂宴會，詔諸王公以下賦詩。（《南齊書・高帝紀下》）

---

74 顧紹柏：《謝靈運詩校注》（河南：中州古籍出版社，1987年8月），頁419。

75 〔南朝梁〕蕭統編、〔唐〕李善注：《文選》，頁517。

（建元二年三月）己亥，車駕幸樂遊〔苑〕宴會，王公以下賦詩。（《南齊書‧高帝紀下》）[76]

（永明二年）八月丙午，車駕幸舊宮小會，設金石樂，在位者賦詩。（《南齊書‧武帝紀》）[77]

（梁武帝）有詔曰：今日嘉會，咸可賦詩。凡四十有五人，其辭云爾。（王融〈三月三日曲水詩序〉）[78]

太建二年，太子釋奠于太學，宮臣並賦詩，命瑜為序，文甚贍麗。（《陳書‧陸瑜傳》）[79]

（至德四年）秋九月甲午，輿駕幸玄武湖，肆艫艦閱武，宴群臣賦詩。（《陳書‧後主紀》）[80]

南朝皇室對於應制文學的喜愛，可見一斑。以宋文帝劉義隆（407-453）於樂遊苑下詔與會者賦詩為例，這種在遊宴或舉辦重要慶典時，下詔群臣賦詩的活動，是曹魏和西晉時期普遍可見的模式。不僅劉義隆承繼了這樣的模式，後來的齊高帝蕭道成（427-482）、齊武帝蕭賾（440-493）、梁武帝蕭衍（464-549）、陳宣帝陳頊（530-582）、

---

76 兩則皆出於〔南朝梁〕蕭子顯：《南齊書‧高帝紀下》（北京：中華書局，1997年11月），頁14。

77 〔南朝梁〕蕭子顯：《南齊書‧武帝紀》，頁17。

78 李善題下注引蕭子顯《南齊書》云：「武帝永明九年三月三日，幸芳林園，禊飲朝臣，勑王融為序，文藻富麗，當代稱之。」〔南朝梁〕蕭統編、〔唐〕李善注：《文選》，頁1154、1163。

79 〔唐〕姚思廉：《陳書‧陸瑜傳》（北京：中華書局，1997年11月），頁121。

80 〔唐〕姚思廉：《陳書‧後主紀》，頁33。

陳後主陳叔寶（553-604）等人的應制活動，都如出一轍。而另一種
皇室與臣子共作的模式，也再度出現，如：

> 《鞞舞》，……宋明帝自改舞曲歌詞，並詔近臣虞龢並作。
> （《宋書・樂志一》）[81]

> 文惠太子與才人共賦七言詩。（《南史・齊本紀下》）[82]

> 〈永平樂歌〉者，竟陵王子良與諸文士造奏之。人為十曲。
> （《南齊書・樂志》）[83]

> （梁武帝）在雍鎮，有童謠云：「襄陽白銅蹄，反縛揚州
> 兒。」……即位之後，更造新聲，帝自為之詞三曲，又令沈約
> 為三曲，以被弦管。（《隋書・音樂志上》）[84]

> （梁武帝）詔曰：「聊為〈七夕詩〉五韻，殊未近詠歌，卿雖
> 訥於言，辯於才，可即制付使者。」（《文選》李善注引《任昉
> 集》）[85]

> （王）褒曾作〈燕歌行〉，妙盡關塞寒苦之狀，元帝及諸文士
> 竝和之，而競為淒切之詞。（《周書・王褒傳》）[86]

81　〔南朝梁〕沈約等：《宋書・樂志一》，頁147。
82　〔唐〕李延壽：《南史・齊本紀下》（北京：中華書局，1997年11月），頁56。
83　〔南朝梁〕蕭子顯：《南齊書・樂志》，頁54。
84　〔唐〕魏徵等：《隋書・音樂志上》（北京：中華書局，1997年11月），頁83。
85　〔南朝梁〕蕭統編、〔唐〕李善注：《文選》，頁1001。
86　〔唐〕令狐德棻等：《周書・王褒傳》（北京：中華書局，1997年11月），頁190。

宋明帝劉彧（439-472）、梁武帝蕭衍皆是先親自改寫樂府歌或新作之詩後，再下詔臣子並作；竟陵王蕭子良（460-494）也同樣與文人共作樂府詩。梁元帝蕭繹（508-555）的情形則比較特別，是王褒（約513-576）先作〈燕歌行〉，蕭繹再與其他文人和之。雖然部分作品並未留傳下來，但仍可從這些記載中窺見當時之盛況。

當然，皇室個別命令臣子寫作的情形，更是不勝枚舉。除前面提及的虞龢、沈約外，鮑照（414-466）、謝莊（421-466）亦是如此：

> 侍郎臣鮑照啟。被教作白紵舞歌詞。謹竭庸陋，裁為四曲，附啟上呈。（鮑照〈代白紵舞歌詞四首〉並〈啟〉）[87]

> 齊永明八年，謝朓奉鎮西隋王教，於荊州道中作〈鈞天〉以上三曲，頌帝功；〈校獵〉以上三曲，頌藩德。（逯欽立《先秦漢魏晉南北朝詩》謝朓〈隋王鼓吹曲十首〉題下注）[88]

> （宋孝武帝）使莊作舞馬歌，令樂府歌之。（《宋書·謝莊傳》）[89]

鮑照奉始興王劉濬（429-453）、謝朓（464-499）奉隋王蕭子隆（474-494）之命，作樂府詩歌；謝莊則是應宋孝武帝劉駿（430-464）之命，先與眾臣共同作賦後，再另外個別寫作樂府詩。情形略有差別，但個別受詔應制之行為皆同。

此外，應制之作，除了使用詩體創作外，有時也會使用其他文體，如：

---

87 逯欽立：《先秦漢魏晉南北朝詩》，頁1272。
88 逯欽立：《先秦漢魏晉南北朝詩》，頁1413。
89 〔南朝梁〕沈約等：《宋書·謝莊傳》，頁556。

（元嘉二十九年）南平王鑠獻赤鸚鵡，普詔群臣為賦。……
（大明二年）時河南獻舞馬，詔群臣為賦。（《宋書・謝莊
傳》）[90]

（天監）四年三月，禊飲華光殿。其日，河南國獻舞馬，詔率
賦之，……時與到洽、周興嗣同奉詔為賦，高祖以率及興嗣為
工。（《梁書・張率傳》）[91]

（劉）孺少好文章，性又敏速，嘗於御坐為〈李賦〉，受詔便
成，文不加點，高祖甚稱賞之。（《梁書・劉孺傳》）[92]

與陳郡謝景同時召見于文德殿，帝令眾為〈竹賦〉，賦成，
奏，帝善之。（《陳書・沈眾傳》）[93]

時高祖著〈連珠〉，詔群臣繼作者數十人，遲文最美。（《梁
書・文學傳・邱遲傳》）[94]

宋文帝劉義隆、宋孝武帝劉駿，梁武帝蕭衍皆因獻貢品於朝廷，而下
詔臣子共同作賦；梁武帝不但有下詔單一文人應制的情形，還出現以
連珠體應制。這顯示了南朝應制文學的多樣性。透過以上所舉數例，
應可大致看出南朝應制風氣之盛行。

90　〔南朝梁〕沈約等：《宋書・謝莊傳》，頁555-556。
91　〔唐〕姚思廉：《梁書・張率傳》（北京：中華書局，1997年11月），頁125-126。
92　〔唐〕姚思廉：《梁書・劉孺傳》，頁155。
93　〔唐〕姚思廉：《陳書・沈眾傳》，頁66。
94　〔唐〕姚思廉：《梁書・文學傳・邱遲傳》，頁179。

　　至於文學集團發展到了南朝，並未因每個朝代的國祚都不長，政權更替頻繁而停止（蕭齊不過二十三年左右，即便是最長的劉宋也才五十九年左右），甚至還在齊、梁二朝時達至顛峰，成為中國文學史上少見之盛況。此時期與魏晉時期最大的不同處，其中之一即是文學集團主人的身份，從皇室及權臣共有的情形，轉為幾乎以皇室為首。劉宋時，除了宋孝武帝劉駿、宋明帝劉彧皆為當時文學集團主人外，以諸侯王為首的文學集團，更是四處林立，例如：臨川王劉義慶（403-444）「愛好文義」、「招聚文學之士，近遠必至」。[95]其他如始興王劉浚、建平王劉景素（452-476）等，皆是如此。這也形成中央和地方皆有文學集團的情形。[96]後來文學集團更為盛行的齊、梁二朝，大致也呈現這樣的模式。南齊時，東宮有文惠太子蕭長懋（458-493）文學集團，諸侯王則有竟陵王蕭子良文學集團、隋郡王蕭子隆文學集團等。而竟陵王蕭子良文學集團尤為突出，他「禮才好士，居不疑之地，傾意賓客，天下才學皆遊集焉」[97]，致使當時最著名的「竟陵八友」及其他重要文人，幾乎皆聚集於其集團中。[98]此集團之大、成員之多，完全不遜於位居中央的文惠太子，甚至可視為齊代最重要、發展最盛的文學集團。到了梁朝，文學集團更是盛行，中央有梁武帝蕭衍、東宮的昭明太子蕭統，諸侯王則有安成王蕭秀（475-518）、建安王（後封南平王）蕭偉（476-533）、晉安王蕭綱（503-

---

95 《宋書·宗室傳·劉義慶傳》：「（劉義慶）愛好文義，才詞雖不多，然足為宗室之表。……招聚文學之士，近遠必至。太尉袁淑，文冠當時，義慶在江州，請為衛軍諮議參軍；其餘吳郡陸展、東海何長瑜、鮑照等，並為辭章之美，引為佐史國臣。」頁380。

96 詳細的討論可參見胡大雷：《中古文學集團》，頁104-110、呂光華：《南朝貴遊文學集團研究》，頁101-128，以及沈凡玉：《六朝同題詩歌研究》，頁34。

97 〔南朝梁〕蕭子顯：《南齊書·蕭子良傳》，頁179。

98 《梁書·武帝紀上》：「竟陵王子良開西邸，招文學，高祖與沈約、謝朓、王融、蕭琛、范雲、任昉、陸倕等並遊焉，號曰八友。」頁6。

551）、湘東王蕭繹等。[99]而當蕭綱繼位為太子後，其集團更是盛大。至於陳朝的文學集團，雖然開始沒落，但陳後主陳叔寶仍能召集文學之士，而有所謂「狎客」文學集團。

由此可見，文學集團發展的盛況，對應制詩來說，正好是最適合發展的環境，因為應制詩寫作的必要條件之一，即是下命令者的身份必須是皇帝、太子及諸侯王。當文學集團是以皇室為核心進行活動時，由集團主人所下令撰寫的作品，無論其動機為何，都可視為應制之作。正是因為南朝文學集團的盛行，才促進了應制詩的高度發展。相較於魏晉時期，南朝應制詩不僅在創作機會上增加許多，而且寫作場合也不受限制，更重要的是，應制詩的題材與內容出現更多的變化。

舉例來說，南齊時，隨王蕭子隆在永明八年（490年）被任命為「使持節、都督荊雍梁寧南北秦六州、鎮西將軍、荊州刺史」，並在隔年赴荊州「親府州事」。[100]當時蕭衍在其底下任職鎮西諮議參軍，也在永明九年（491年）與隨王同赴荊州。[101]離別時，以竟陵王蕭子良文學集團為主的文人們，舉行了一場餞別宴席，並以詩相贈，當時之作有：王融（467-493）〈蕭諮議西上夜集詩〉[102]、王延、宗夬

99　胡大雷認為蕭齊一朝的諸王文學集團，還有衡陽王蕭鈞；蕭梁一朝的諸王文學集團，尚可列入始興王蕭憺、鄱陽王蕭范、邵陵王蕭倫。但相關記載較少，故列於注釋以為參考。參見《中古文學集團》，頁133、175。

100　〔南朝梁〕蕭子顯：《南齊書·隨郡王子隆傳》：「（永明）八年，代魚復侯子響為使持節、都督荊雍梁寧南北秦六州、鎮西將軍、荊州刺史，給鼓吹一部。其年，始興王鑑罷益州，進號督益州。九年，親府州事。」頁183。

101　蕭衍〈答任殿中宗記室王中書別詩〉題下注：「武帝初仕齊，為隨王鎮西諮議參軍。隨王鎮荊州。帝赴鎮時，同列以詩送別。」參見逯欽立：《先秦漢魏晉南北朝詩》，頁1528。〔唐〕姚思廉：《梁書·武帝紀》：「累遷隨王鎮西諮議參軍。」頁6。據前引《南齊書·隨郡王子隆傳》知蕭子隆於永明八年為鎮西將軍，並於永明九年赴荊州「親府州事」。

102　王融〈蕭諮議西上夜集詩〉：「徘徊將所愛，惜別在河梁。衿袖三春隔，江山千里長。寸心無遠近，邊地有風霜。勉哉勤歲暮，敬矣事容光。山中殊未懌，杜若空

（456-504）、任昉（460-508）的〈別蕭諮議〉[103]，以及蕭琛（480-531）〈別蕭諮議前夜以醉乖例今畫由醒敬應教〉[104]。這幾首送別詩，其實都各自寫出了對於離別之感傷與不捨，但從蕭琛〈別蕭諮議前夜以醉乖例今畫由醒敬應教〉詩題中的「應教」可知，此詩是應竟陵王蕭子良的要求所作，由此推論，則上述幾首餞別詩，應該都是由蕭子良下令而成的應制詩。因餞別而下令寫應制詩，並不算特別，但蕭琛因酒醉而未當場繳交，隔日酒醒後仍舊必須補上，可以見出應制詩在當時文學集團的特殊地位。

除此之外，當時以詩為戲的觀念，已經十分盛行，在文學集團的活動中，尤為常見：

> 竟陵王子良嘗夜集學士，刻燭為詩，四韻者則刻一寸，以此為率。文琰曰：「頓燒一寸燭，而成四韻詩，何難之有。」乃與令楷、江洪等共打銅鉢立韻，響滅則詩成，皆可觀覽。(《南史‧江淹任昉王僧孺傳》)[105]

自芳。」參見逯欽立：《先秦漢魏晉南北朝詩》，頁1396。底下所引之詩出處皆同，故不另加注。

103 霏雲承永夜，皓燭驚離軒。執酒愴誰與，攀袖默無言。忍茲君為別，如此歲方暄。年深北岫時，鳥思南國園。江上愁別日，階下樹芳蓀。(王延〈別蕭諮議〉) 別酒正參差，乖情將陸離。悵焉臨桂苑，憫默瞻華池。輕雲流惠采，時雨亂清漪。眇眇追蘭逕，悠悠結芳枝。眷言終何托，心寄方在斯。(宗夬〈別蕭諮議〉) 離燭有窮輝，別念無終緒。歧言未及申，離目已先舉。揆景巫衡阿，臨風長楸浦。浮雲難嗣音，徘徊悵誰與。儻有關外驛，聊訪狎鷗渚。(任昉〈別蕭諮議〉)

104 蕭琛〈別蕭諮議前夜以醉乖例今畫由醒敬應教〉：「落日總行轡，薄別在江干。游客無淹期，晨川有急瀾。分手信云易，相思誠獨難。之子兩特達，伊余日盤桓。俟我式微歲，共賞階前蘭。」

105 〔唐〕李延壽：《南史‧江淹任昉王僧孺傳》，頁384。

時魏中山王元略還北，梁武帝餞於武德殿，賦詩三十韻，限三
刻成。微二刻便就，文甚美，帝再覽焉。(《南史・謝微傳》)[106]

蕭子良夜集其集團文人作詩，就類型來說，自然屬於應制詩，但特別
的是，寫詩的目的並非抒情言志或彼此唱和，而是作為一種遊戲娛
樂。因此，詩內容的好壞、情志的展現並非評判高低的主要依據；是
否能在限制的時間內完成，甚至誰能率先完成才是此次寫詩的最高準
則。謝微作詩也是同樣的情形，詩固然寫得好，但關鍵是能在蕭衍限
時的時間內，提早完成，才足以引起蕭衍的興趣。應制詩便是在文學
集團的推波助瀾下，逐漸朝向遊戲化發展。而這種情形，在此集團的
賦詩活動中，處處可見，例如：王融、沈約和范雲（451-503），皆有
〈奉和竟陵王郡縣名詩〉（范雲為〈奉和齊竟陵王郡縣名詩〉）。既為
奉蕭子良之命而和其詩，則這些詩當然可被視為應制詩。所謂「郡縣
名詩」，即是以郡縣之名嵌入詩句中，[107]以范雲〈奉和竟陵王郡縣名
詩〉為例：

撫戈金城外，解珮玉門中。白馬騰遠雪，蒼松壯寒風。
臨涇方辯渭，安夷始和戎。取禾廣田北，驅獸飛狐東。
新城多雉堞，故市絕商工。海西舟楫斷，雲南煙霧通。
馨節疇盛德，宣力照武功。還飲漁陽水，歸轉杜陵蓬。

---

106 〔唐〕李延壽：《南史・謝微傳》，頁149。〔唐〕姚思廉：《梁書・文學傳下》作
「謝微」，《梁書・文學傳下・校勘記》引錢大昕《廿二史考異》：「微當微之
譌。」頁189。

107 〔唐〕吳兢：《樂府古題要解・卷下》「道里名詩」條云：「道謂漢孝文帝稱北走邯
鄲道。里謂高祖中陽里之類。集以為詩也。」「郡縣名」條云：據地理志所載也。
收入〔清〕丁仲祐編：《續歷代詩話》，頁71。

將「金城」、「玉門」、「白馬」、「蒼松」等，這些秦漢時期即有的地名，一一嵌入句中，然後成為一首前後意義連貫之詩，即可完成。即便某些詩句，在語意解釋上或有些勉強，但並不影響整首詩的評價，因為如此寫法，遊戲娛樂的性質已遠大過於情志的表達。此時的應制詩，除了是那些在遊宴場合中，集體創作且偏向於類型化情感的作品外，也開始轉變成為純粹的文字遊戲。其他如：沈約的〈奉和竟陵王藥名詩〉（即是將上述所言之地名，改成嵌入藥名）[108]，庾肩吾（487-551）〈奉和藥名詩〉，以及王融的〈奉和纖纖詩〉（模仿樂府〈兩頭纖纖詩〉之句型，替換每句的後三字），大概也是屬於這種類型的應制詩。

在竟陵王文學集團之後，這種類型的應制詩層出不窮。例如：梁朝的太子蕭統曾以集團主人身份，作〈大言〉、〈細言〉二詩：

觀脩鯤其若轍鮒，視滄海之如濫觴。經二儀而跼蹐，跨六合以翺翔。（〈大言〉）

坐臥鄰空塵，憑附蟭螟翼。越咫尺而三秋，度毫釐而九息。（〈細言〉）

所謂「大言」及「細言」，就是以文字描繪出「至大」與「至小」的概念。因此，蕭統在〈大言〉詩中，便將大鯤魚比為車轍中的小鯽魚，以喻更大的世界；在〈細言〉詩中，則描述依附在蟭螟微蟲之

---

108 〔清〕趙翼：《陔餘叢考・卷二十四》「藥名為詩」條云：「藥名入詩，三百篇中多有之，如『采采芣苢』、『言采其薑』、『中穀有蓷』、『牆有茨』、『菫荼如飴』之類。此後惟文字中用之。」（京都：中文出版社，1979年12月），頁480。又〔唐〕吳兢：《樂府古題要解・卷下》「藥名」條云：「據《本草》所載。」頁72。

翼。由於戰國時期的宋玉（約西元前298-西元前222）曾著有〈大言
賦〉及〈小言賦〉，有學者認為此二賦具有「託寓」，[109]但蕭統之詩，
雖有類似之題，卻沒有這層意義。明代的謝榛（1495-1575）就認為
蕭統這兩首詩，純粹只是擷取「至大」、「至小」的概念，所進行的文
字遊戲，不帶有任何託寓的涵義，[110]這也是目前的主流論述。當這種
以詩為戲的想法，與文學集團的應制活動結合時，就容易產生一系列
的作品。故在蕭統的命令下，同集團的沈約、王錫（499-534）、王規
（492-536）、張纘（499-549）及殷鈞（484-532）等人均有〈大言〉和
〈細言〉之作。[111]而且無論是哪一位文人的作品，即便使用的體製[112]

109　例如：朱曉海：〈某些早期賦作與先秦諸子學關係證釋〉：「〈大言〉、〈小言〉……
　　所欲闡明者乃道自身。……〈大言〉、〈小言〉的場景非全屬虛構，則楚襄王初不
　　過窮極無聊，尋求新奇娛樂，……宋玉則因勢利導以明道。」收入《漢賦史略新
　　證》（西安：陝西人民出版社，2004年6月），頁71。劉剛〈宋玉大小言賦寓意探
　　微〉也認為此二賦別有寓意。《鞍山師範學院學報》，2005第3期第7卷（2005年6
　　月），頁42-48。

110　〔明〕謝榛：《四溟詩話》：「宋玉〈大言賦〉……〈小言賦〉……二賦出於列子，
　　皆有託寓。梁昭明太子〈大言詩〉……〈細言詩〉……此祖宋玉而無謂，蓋以文
　　為戲爾。」（北京：人民文學出版社，2001年10月），頁39。

111　沈約〈大言應令詩〉：「隘此大汛庭，方知九陔局。窮天豈彌指，盡地不容足。」；
　　沈約〈細言應令詩〉：「開館尺棰餘，築榭微塵裏。蝸角列州縣，毫端建朝市。」；
　　王錫〈大言應令詩〉：「欲遊五岳，迫不得申。杖千里之木，鱠橫海之鱗。」；王錫
　　〈細言應令詩〉：「冥冥藹藹，離朱不辨其實。步蝸角而三伏，經針孔而千日。」；
　　王規〈大言應令詩〉：「俯身望日入，下視見星羅。噓八風而為氣，吹四海而揚
　　波。」；王規〈細言應令詩〉：「針鋒於焉止息，髮杪可以翱翔。蚊眉深而易阻，蟻
　　目曠而難航。」；張纘〈大言應令詩〉：「河流既竭，日月俱騰。置羅微物，動落雲
　　鵬。」；張纘〈細言應令詩〉：「遨遊蟻目辨輕塵，蚊睫成宇蝨如輪。」；殷鈞〈大
　　言應令詩〉：「噫氣為風，揮汗成雨。聊ství戴山龜，欲持探遠古。」；殷鈞〈細言應
　　令詩〉：「汎舟毛滴海，為政蝸牛國。逍遙輕塵上，指辰問南北。」

112　徐復觀：〈文心雕龍的文體論〉：「文體既是形相，則此種由語言文字之多少所排列
　　而成的形相，乃人所最容易把握到的，這便是一般所說的體裁或體製。」收入
　　《中國文學論集》（臺北：臺灣學生書局，2001年12月），頁18-19。顏崑陽：〈論文

並不一致，但仍遵守著規範，各自寫出對於「至大」與「至小」的概念。雖然眾人寫出的詩作，存在著許多的相似處，例如：寫〈細言〉時，沈約「蝸角列州縣」、王錫「步蝸角而三伏」、殷鈞「為政蝸牛國」皆是用《莊子‧則陽》「蝸角國」的典故，[113]這或許會給人一種語意重複的印象，但不可否認，這種類型的應制詩，結合了思維、想像與遊戲性而成的作品，可說是一種新的發展。

由以上討論可知，當以皇室為核心的文學集團愈興盛時，應制詩不但在數量上大幅增加，而且還產生了許多新的類型，可見兩者實為相輔相成。

二 南朝應制詩與政治權力的關係

就前一小節所論，可知在魏晉文人寫作應制詩，應與攀附王室，並藉此獲得政治上的利益有關，但當時應制詩作除了主流「典實富艷」、「冠裳珮玉」之「善頌善禱之辭」外，尚有孫皓〈爾汝歌〉、李密〈賜餞東堂詔令賦詩〉、潘岳〈關中詩〉等具有諷刺言志涵義的應制詩作；然而到了南朝時期，這類作品卻幾乎消失殆盡，這與文人愈來愈將應制詩視為一種向上位者攀附關係的工具，應有一定的關係。

南朝時期，不僅政治勢力重新回歸皇權，文學與政治的結合，也達至前所未有的地步。關於這部分，可以從皇室與文人兩個方面來看。首先，對皇室來說，透過應制詩可以展現自己的權力。例如：

心雕龍「辯證性的文體觀念架構」〉：「『體製』一詞，古來用法，大致是指格律、章句結構等語言形式概念，……『體製』指的是篇章結構，屬於形式意義。」收入《六朝文學觀念叢論》，頁129。

113 《莊子‧則陽》：「有國於蝸之左角者曰觸氏，有國於蝸之右角者曰蠻氏，時相與爭地而戰，伏尸數萬，逐北旬有五日而後反」〔清〕郭慶藩：《莊子集釋》（臺北：天工書局，1989年9月），頁891-892。

《宋書·沈慶之傳》記載：

> 上嘗歡飲，普令群臣賦詩，慶之手不知書，眼不識字，上逼令
> 作詩，慶之曰：「臣不知書，請口授師伯。」上即令顏師伯執
> 筆，慶之口授之曰：「微命值多幸，得逢時運昌。朽老筋力
> 盡，徒步還南崗。辭榮此聖世，何媿張子房。」上甚悅，眾坐
> 稱其辭意之美。[114]

當宋孝武帝劉駿「普令群臣賦詩」，即便如沈慶之（386-465）這樣，
一路追隨宋武帝劉裕、宋文帝劉義隆建功立業的重臣，即使明明就是
「手不知書，眼不識字」的武將，卻依舊無法擺脫受詔而作應制詩的
情形。「逼令」一詞，完全可以顯示出皇室權力之大。而細觀沈慶之
詩的涵義，多處的用詞明顯逢迎上意（如：「得逢時運昌」、「辭榮此
聖世」），最後以張良為喻，其實也符合沈慶之與劉駿之間的關係。當
太子劉劭（424-453）弒宋文帝劉義隆即位後，沈慶之助當時的武陵
王劉駿起兵征討劉劭。沈慶之平定兵亂，穩定局面，同時又極力勸
進。劉駿最後能順利即帝位，沈慶之實扮演很重要的角色。[115]沈慶之
在詩中用張良之典，一方面暗喻劉駿建立了如漢高祖劉邦的功業，一
方面表達自己想和張良一樣，在輔助漢高祖劉邦取得天下大位後，急
流勇退，[116]故贏得在座「稱其辭意之美」之譽。眾人之譽固然可喜，

---

114 〔南朝梁〕沈約等：《宋書·沈慶之傳》，頁512。

115 《宋書·沈慶之傳》：「會世祖典籤董元嗣自京師還，陳元凶弒逆，世祖遣慶之還山
　　引諸軍，慶之謂腹心曰：『蕭斌婦人不足數，其餘將帥，並是所悉，皆易與耳。東
　　宮同惡不過三十人，此外屈逼，必不為用力。今輔順討逆，不憂不濟也。』……
　　世祖還至尋陽，慶之及柳元景等並以天下無主，勸世祖即大位，不許。」頁511。

116 《宋書·沈慶之傳》：「（慶之）表疏數十上，又面陳曰：『張良名賢，漢高猶許其
　　退，臣有何用，必為聖朝所須。』乃至稽顙自陳，言輒泣涕。上不能奪，聽以郡

但對沈慶之來說，更重要的是，此詩達成了「上甚悅」的結果，順利完成了寫作應制詩的目的。

此外，《宋書・符瑞志下》也記載：

> （宋孝武帝）大明五年正月戊午元日，花雪降殿庭。時右衛將軍謝莊下殿，雪集衣。還白，上以為瑞。於是公卿並作花雪詩。[117]

謝莊有〈和元日雪花應詔詩〉應是作於此時。題目雖有「雪花」，但整首詩聚焦在祥瑞之事，故內容仍以歌功頌德為主。[118]只因劉駿突然視「雪集衣，還白」為祥瑞之徵，便有此舉，雖可見出其對於文學的愛好，但這種突發的應制活動，不啻為一種展現皇權的形式，文人只能順應為之。之後的宋明帝劉彧，對於應制詩的活動，更是熱衷，裴子野（469-530）〈雕蟲論序〉記載：

> 宋明帝博好文章，才思朗捷，常讀書奏，號稱七行俱下。每有禎祥，及幸讌集，輒陳詩展義，且以命朝臣。其戎士武夫，則託請不暇，困於課限，或買以應詔焉。於是天下向風，人自藻飾，雕蟲之藝，盛於時矣。[119]

公罷就第，月給錢十萬，米百斛，衛史五十人。大明元年，又申前命，復固辭。」頁512。

117 〔南朝梁〕沈約等：《宋書・符瑞志下》，頁228。

118 謝莊〈和元日雪花應詔詩〉：從候昭神世，息燧應頌道。玄化盡天秘，凝功畢地寶。笙鏞流七始，玉帛承三造。委霰下璇蘂，疊雪䨨瓊藻。積曙境寓明，聯萼千里杲。掩映順雲懸，搖裔從風掃。發貺燭侄前，騰瑞光圖表。澤厚見身末，恩逾悟生眇。竦誠岱駕肅，側志梁鑾矯。

119 〔唐〕杜佑：《通典・卷十六・選舉四》（臺北：臺灣商務印書館，1987年12月），頁90。

宋明帝劉彧即如同宋孝武帝劉駿一般，「每有禎祥，及幸讌集」皆舉行應制詩的活動，如此頻繁而盛大，完全顯示了他對應制詩的喜愛。但從不擅長此舉的「戎士武夫」都必須「買以應詔」一事來看，可以推知劉彧或許也透過舉辦應制活動，以展現皇權。

　　另一方面，對於文人來說，則可以透過應制詩的善頌，迎合上意，以獲取更多的政治資源。例如：《南齊書‧蕭穎胄》記載：

> 穎胄好文義，弟穎基好武勇，世祖登烽火樓，詔群臣賦詩。穎胄詩合旨，上謂穎胄曰：「卿文弟武，宗室便不乏才。」除明威將軍、安陸內史。[120]

蕭穎胄（462-501）是蕭齊皇室的遠親，所以齊武帝蕭賾所指的「宗室便不乏才」自是以蕭齊的興衰為考量。這對蕭穎胄來說，是很高的讚美，而蕭穎胄也透過這次賦詩的活動，官位得以晉升。另外，《南齊書‧王敬則傳》也記載：

> 世祖御座賦詩，敬則執紙曰：「臣幾落此奴度內。」世祖問：「此何言？」敬則曰：「臣若知書，不過作尚書都令史耳，那得今日？」[121]

王敬則（435-498）雖為「不識書，止下名」[122]的武將，但因為是南齊的開國元勛，戰功彪炳，故一直位高權重，到齊明帝時，甚至官升

120　〔南朝梁〕蕭子顯：《南齊書‧蕭穎胄傳》，頁172。
121　〔南朝梁〕蕭子顯：《南齊書‧王敬則傳》，頁126-127。
122　〔唐〕李延壽：《南史‧王敬則傳》：「敬則不識書，止下名，然甚善決斷。」頁300。

大司馬。[123]從王敬則與齊武帝蕭賾的對話中，一方面可以感受到王敬則的志得意滿，另一方面，在「御座賦詩」的應制活動中，王敬則卻回以「臣若知書，不過作尚書都令史耳」之語，雖是一種嘲諷，但將賦詩之舉等同於「知書」，並可擔任行政官職，約略可以推論出，當時撰寫應制詩對於提升官位，應有一定的助益。

由於在賦詩活動中獲得讚賞，有助於政治地位的提升，熟悉此道的文人自然趨之若鶩。因此，王鍾陵曾強力批評南齊的詩風，認為：

> 作為高等士族文人，謝朓、沈約、王融都有許多侍宴宮殿的機會，奉敕、應詔作詩，以至於代人作應詔詩，都是他們所必有的經歷。這一類詩當然是以諂諛帝王功德為其內容的。……永明詩人，不僅諛詞數量多，且往往表現出一種俗媚以至肉麻之態。[124]

從文學性的角度來說，「諛詞數量多」、「俗媚以至肉麻之態」都是非常負面的評價，故這類作品往往不受重視，但為了要贏得皇室的讚賞，以獲取更多政治上的權益，「諂諛帝王功德」往往是最快且最適當的方式。這恐怕是多數文人心中，應制詩最主要的功能，同時也是願意積極撰寫的主因。這種情形並不只有南齊才有，實則整個南朝皆是如此。

---

123 《南齊書·王敬則傳》：「建元元年，出為使持節、散騎常侍、都督南兗兗徐青冀五州軍事、平北將軍、南兗州刺史，封尋陽郡公，邑三千戶。加敬則妻懷氏爵為尋陽國夫人。……太祖遺詔敬則以本官領丹陽尹。尋遷為使持節、散騎常侍、都督會稽東陽臨海永嘉五郡軍事、鎮東將軍、會稽太守。……三年，進號征東將軍。……明年，遷侍中、中軍將軍。……七年，出為使持節、散騎常侍、都督豫州郢州之西陽司州之汝南二郡軍事、征西大將軍、豫州刺史，開府如故。進號驃騎。十一年，遷司空，常侍如故。……明帝即位，進大司馬，增邑千戶。」頁126。

124 王鍾陵：《中國中古詩歌史》（北京：人民出版社，2005年8月），頁435、437。

　　應制詩與政治權力的關係，到了梁朝後，愈加緊密，尤其是梁武帝蕭衍在位期間。蕭衍在南齊時，已名列竟陵八友之中，名聲顯赫。登上帝位後，依舊熱愛文學，故在位期間，對於有文才之人，無不拔擢。[125]蕭衍尤其喜愛舉辦文學活動，常常下詔臣子即席賦詩，如：

> 高祖聰明文思，光宅區宇，旁求儒雅，詔採異人，文章之盛，煥乎俱集。每所御幸，輒命群臣賦詩，其文善者，賜以金帛，詣闕庭而獻賦頌者，或引見焉。(《梁書・文學傳》)[126]

> 御華光殿，詔洽及沆、蕭琛、任昉侍讌，賦二十韻詩，以洽辭為工，賜絹二十匹。(《梁書・到洽傳》)[127]

《梁書・文學傳序》之說，於《南史》亦有類似記載，[128]但《南史》所云：「是以縉紳之士，咸知自勵」，顯示了文人官吏，無不熱衷於參與此類活動；而《梁書》之「詣闕庭而獻賦頌者，或引見焉」，則展現了蕭衍十分重視擅長寫作的文人，二史之說可相互參見。再從蕭衍詔令到洽（477-527）、到沆（477-506）、蕭琛、任昉赴華光殿賦詩，並重賞佳作一事來看，則蕭衍舉行這些活動，一方面滿足了蕭衍對文學的喜愛，另一方面也透過賞賜之舉，加強了皇權的威勢；而對於文人來說，參與這些活動，固然可以獲得豐厚的金帛賜品，但藉此取得

---

125 《梁書・文學傳上》：「高祖雅好辭賦，時獻文於南闕者相望焉，其藻麗可觀，或見賞擢。」頁179；又《梁書・劉峻傳》：「高祖招文學之士，有高才者，多被引進，擢以不次。」頁182。

126 〔唐〕姚思廉：《梁書・文學傳》，頁178。

127 〔唐〕姚思廉：《梁書・到洽傳》，頁107

128 《南史・文學傳》：「于時武帝每所臨幸，輒命群臣賦詩，其文之善者賜以金帛。是以縉紳之士，咸知自勵。」頁459。

其他更為重要的東西：獲得皇室的厚愛賞識、提升文壇地位、提升政治地位，恐怕才是他們心中的主要目標。

首先，是獲得皇室的厚愛賞識，如《南史・到藎傳》記載：

> 嘗從武帝幸京口，登北顧樓賦詩。藎受詔便就，上以示溉曰：「藎定是才子，翻恐卿從來文章假手於藎。」因賜絹二十疋。後溉每和御詩，上輒手詔戲溉曰：「得無貽厥之力乎？」又賜溉〈連珠〉曰：「硯磨墨以騰文，筆飛毫以書信，如飛蛾之赴火，豈焚身之可吝。必耄年其已及，可假之於少藎。」其見知賞如此。[129]

這篇記載十分有趣，明明應該是讚賞到藎應制為詩的能力，但蕭衍卻不斷的以此事調侃其祖父到溉（477-548），致使到藎的讚美語，似乎淪為配角。然而，若觀察到溉與蕭衍之間的關係，就會知道並非如此。到溉早年見賞於任昉並提攜，而致聲名遠播，後又為蕭衍所重，不但「每與對棋，從夕達旦」，而且將其安排至蕭繹底下為官，並訓誠蕭繹：「到溉非直為汝行事，足為汝師」，已可見其心中地位。[130]更為特別的是，蕭衍常常透過調侃到溉，以顯示兩人的親近。[131]由此看來，蕭衍拿著到藎的應制詩來調侃到溉「翻恐卿從來文章假手於

---

129 〔唐〕李延壽：《南史・到藎傳》，頁187。

130 〔唐〕李延壽：《南史・到藎傳》：「樂安任昉大相賞好，恒提攜溉、洽二人，廣為聲價。……溉特被武帝賞接，每與對棋，從夕達旦。……湘東王繹為會稽太守，以溉為輕車長史，行府郡事。武帝敕繹曰：『到溉非直為汝行事，足為汝師。』」頁187。

131 《南史・到藎傳》：「或復失寢，加以低睡，帝詩嘲之曰：『狀若喪家狗，又似懸風槌。』當時以為笑樂。溉第居近淮水，齋前山池有奇礓石，長一丈六尺，帝戲與賭之，並禮記一部，溉並輸焉。未進，帝謂朱异曰：『卿謂到溉所輸可以送未？』斂板對曰：『臣既事君，安敢失禮。』帝大笑，其見親愛如此。」頁187。

盡」，以及親賜所寫〈連珠〉云：「必耄年其已及，可假之於少盡」等行為，其實比直接稱許到盡為才子，賞賜其貴重物品，更顯出蕭衍對於到盡的厚愛與賞識。又如《梁書・劉孺傳》記載：

> 後侍宴壽光殿，詔群臣賦詩，時孺與張率並醉，未及成，高祖取孺手板題戲之曰：「張率東南美，劉孺雒陽才。攬筆便應就，何事久遲回？」其見親愛如此。[132]

蕭衍之詩雖是「戲題」，用以調侃劉孺（485-547）和張率（475-527）因醉酒而未能當場成詩，但自蕭衍所寫「攬筆便應就，何事久遲回」二句，可以見出兩人在應制詩上的能力，早已深受蕭衍的賞識。再加上從前面對到溉的討論可知，蕭衍本有調侃親近之人的習慣，故後人所謂「其見親愛如此」之論，便不顯得突兀。再看《梁書・文學傳上》：

> 時高祖讌華光殿，命群臣賦詩，獨詔沆為二百字，三刻使成。沆於坐立奏，其文甚美。[133]

到沆再受蕭衍的獨詔賦詩，不能不說是一種殊榮，也可由此見出蕭衍對到沆的厚愛。除了蕭衍之外，梁簡文帝蕭綱亦是如此，《梁書・蕭愷傳》記載：

> 太宗在東宮，早引接之。時中庶子謝嘏出守建安，於宣猷堂宴餞，並召時才賦詩，同用十五劇韻，愷詩先就，其辭又美。太

132　〔唐〕姚思廉：《梁書・劉孺傳》，頁155。
133　〔唐〕姚思廉：《梁書・文學傳上》，頁178。

宗與湘東王令曰：「王筠本自舊手，後進有蕭愷可稱，信為才子。」[134]

在限題、限韻、限時且與眾人共作的嚴苛條件及巨大壓力下，蕭愷不但「詩先就」而且「辭又美」，故獲得蕭綱「信為才子」之稱譽。

　　除了獲得皇室的厚愛與賞識外，因為南朝文學集團是由皇室所主導，故文人如欲提升文壇地位，也必須積極參與此類活動。例如：

預曲宴，必被詔賦詩。嘗奉和高祖〈登景陽樓〉中篇云：「太液滄波起，長楊高樹秋。翠華承漢遠，雕輦逐風遊。」深為高祖所美。當時咸共稱傳。(《梁書・柳惲傳》)[135]

高祖雅好蟲篆，時因宴幸，命沈約、任昉等言志賦詩，孝綽亦見引。嘗侍宴，於坐為詩七首，高祖覽其文，篇篇嗟賞，由是朝野改觀焉。(《梁書・劉孝綽傳》)[136]

柳惲（465-517）只要參與宴席，「必被詔賦詩」，已可見其寫作應制詩作深受皇室的賞識，其中奉和〈登景陽樓〉之詩為蕭衍讚美，使得文人之間也流傳此事，可想見其文壇名聲之提升；至於劉孝綽（481-539）的應制詩被蕭衍「篇篇嗟賞」，竟至「朝野改觀」，更可見出撰寫應制詩的優劣，足以影響在文人之間的名聲。

　　至於最重要的，也就是藉由應制詩以提升政治地位的情形，在梁朝更是不勝枚舉，例如：

134　〔唐〕姚思廉：《梁書・蕭愷傳》，頁135。
135　〔唐〕姚思廉：《梁書・柳惲傳》，頁89。
136　〔唐〕姚思廉：《梁書・劉孝綽傳》，頁126。

是時高祖製〈春景明志詩〉五百字，敕在朝之人沈約已下同作，高祖以僧孺詩為工。遷少府卿，出監吳郡。(《梁書‧王僧孺傳》) [137]

及高祖為〈籍田詩〉，又使勉先示孝綽。時奉詔作者數十人，高祖以孝綽尤工，即日有敕，起為西中郎湘東王諮議。(《梁書‧劉孝綽傳》) [138]

（普通）六年，高祖於文德殿餞廣州刺史元景隆，詔群臣賦詩，同用五十韻，規援筆立奏，其文又美。高祖嘉焉，即日詔為侍中。(《梁書‧王規傳》) [139]

中大通五年，高祖宴群臣樂遊苑，別詔翔與王訓為二十韻詩，限三刻成。翔於坐立奏，高祖異焉，即日轉宣城王文學，俄遷為友。時宣城友、文學加它王二等，故以翔超為之，時論美焉。(《梁書‧褚翔傳》) [140]

王僧孺（465-522）、劉孝綽、王規、褚翔（505-548）等人，都是因為工於應制詩，為蕭衍所讚賞，進而獲得升遷。其中，劉孝綽、王規和褚翔更是在奉詔寫成應制詩後，當日即獲得新的官職。這些都顯示了文人確實可以透過應制詩，獲取更高的政治地位。應制詩與政治權力的密切關係，不言而喻。而褚翔因應制詩而獲得官職的超升，甚至

137　〔唐〕姚思廉：《梁書‧王僧孺傳》，頁124。
138　〔唐〕姚思廉：《梁書‧劉孝綽傳》，頁127。
139　〔唐〕姚思廉：《梁書‧王規傳》，頁152。
140　〔唐〕姚思廉：《梁書‧褚翔傳》，頁153。

成為文人間的美談。又《梁書‧張率傳》記載：

> 侍宴賦詩，高祖乃別賜率詩曰：「東南有才子，故能服官政。
> 余雖慚古昔，得人今為盛。」率奉詔往返數首。其年，遷秘書
> 丞，引見玉衡殿。高祖曰：「秘書丞天下清官，東南冑望未有
> 為之者，今以相處，足為卿譽。」其恩遇如此。[141]

蕭衍不但在賜詩中云：「東南有才子」、「得人今為盛」，還下詔張率與
之往返數首詩，這已可見出蕭衍對其之賞識。而蕭衍在任命張率為秘
書丞後，再稱許的「東南冑望未有為之者，今以相處，足為卿譽」之
語，更加突顯了蕭衍的厚愛。

在這類記載當中，最有意思的當屬《南史‧曹景宗傳》：

> 景宗振旅凱入，帝於華光殿宴飲連句，令左僕射沈約賦韻。景
> 宗不得韻，意色不平，啟求賦詩。帝曰：「卿伎能甚多，人才
> 英拔，何必止在一詩。」景宗已醉，求作不已，詔令約賦韻。
> 時韻已盡，唯餘競、病二字。景宗便操筆，斯須而成，其辭
> 曰：「去時兒女悲，歸來笳鼓競。借問行路人，何如霍去
> 病。」帝歎不已。約及朝賢驚嗟竟日，詔令上左史。於是進爵
> 為公，拜侍中、領軍將軍。[142]

曹景宗（457-508）主要以軍事聞名於世。在一次為其舉行的慶功宴
中，蕭衍又進行了應制詩的活動，但因為擔心曹景宗無法勝任，故刻
意不讓其參與。然而，酒醉的曹景宗卻能以在場文人分剩的韻腳，先

---

141 〔唐〕姚思廉：《梁書‧張率傳》，頁124。
142 〔唐〕李延壽：《南史‧曹景宗傳》，頁357。

寫出悲壯出征及凱旋歸來的場景，最後再以漢朝驅逐匈奴聞名的霍去病為喻，以激問法的修辭，突顯自身所建立的功績。整首詩完全符合自身武將的心境，不僅令眾人驚嘆，更重要的是讓蕭衍刮目相看，因而獲得更高的權力官位。這些例子都在在證明了，應制詩的撰寫的確可以獲取更多政治上的地位與權力，故當時文人對於應制詩的寫作，無不趨之若鶩、爭相鑽研。這也就是為何梁朝應制詩的數量，不僅大幅增加（據前引程建虎及何詩海的統計，為六朝各朝代之冠，而且高出甚多），題材內容也從專門揚頌皇室，開始增加更多的娛樂性與消遣性，藉以迎合皇室的興趣。[143]

進入陳朝後，亦承襲此風，《陳書·陰鏗傳》記載：

> 世祖嘗讌群臣賦詩，徐陵言之於世祖，即日召鏗預讌，使賦新成安樂宮，鏗援筆便就，世祖甚歎賞之。累遷招遠將軍、晉陵太守、員外散騎常侍。[144]

陳文帝陳蒨（520-566）詔群臣賦詩，陰鏗藉著應制活動而獲得賞識，進而升職，即如同前面其他朝代一般。到了陳後主，仍是如此，但更加擴大了應制詩娛樂性和消遣性的部分：

> 是時，後主尤愛文章，叔慎與衡陽王伯信、新蔡王叔齊等日夕陪侍，每應詔賦詩，恆被嗟賞。（《陳書·岳陽王叔慎傳》）[145]

---

143 程建虎：「應制詩至齊、梁和陳，最大的特點就是詩歌的娛樂性和消遣性突出了。」《中古應制詩的雙重觀照》，頁180。

144 〔唐〕姚思廉：《陳書·陰鏗傳》，頁123。

145 〔唐〕姚思廉：《陳書·岳陽王叔慎傳》，頁98。

> （後主）常使張貴妃、孔貴人等八人夾坐，江總、孔範等十人
> 預宴，號曰「狎客」。先令八婦人襞采箋，製五言詩，十客一
> 時繼和，遲則罰酒。君臣酣飲，從夕達旦，以此為常。（《南
> 史·陳本紀下》）[146]

之前的皇室大多是在遊宴時，下詔眾臣賦詩，但陳後主卻是讓臣子
「日夕陪侍」，且「從夕達旦」的舉行應制活動，將應制詩徹底與日
常的休閒娛樂結合，甚至到了癡迷的地步。這些作品中，有許多是陳
後主與臣子「同題共作」[147]之詩，如：〈立春日汎舟玄圃各賦一字六
韻成篇〉、〈獻歲立春光風具美泛舟玄圃各賦六韻詩〉、〈上巳宴麗暉殿
各賦一字十韻詩〉、〈春色禊辰盡當曲宴各賦十韻詩〉、〈祓禊汎舟春日
玄圃各賦七韻詩〉等，顯現此時應制詩的寫作，除了由皇室下詔撰寫
或「奉和」之作外，與皇室同時寫作的情形也變得更為常見了。

　　對南朝文人來說，雖然應制詩與政治權力的密切關係，讓他們有
機會藉著應制詩而獲得更多的政治利益，但同時也必須承受許多相對
應的壓力，《梁書·蕭子顯傳》記載，就是很好的例子：

> 子顯嘗為〈自序〉，其略云：「……天監十六年，始預九日朝
> 宴，稱人廣坐，獨受旨云：『今雲物甚美，卿得不斐然賦
> 詩。』詩既成，又降帝旨曰：『可謂才子。』余退謂人曰：『一
> 顧之恩，非望而至。遂方賈誼何如哉？未易當也。』」[148]

146　〔唐〕李延壽：《南史·陳本紀下》，頁93。

147　朱錦雄：「所謂『同題共作』指的是由一人指定或眾人共同決定一個題目後，眾人
　　再以此題目各自寫作的創作方式。」較為詳細的討論，可參見朱錦雄：《六朝「詩
　　歌遊戲化」現象研究》，頁90-93。

148　〔唐〕姚思廉：《梁書·蕭子顯傳》，頁134。

蕭衍的「獨受旨」，以及「卿得不斐然賦詩」之言，對蕭子顯來說，已經是一種特殊的榮譽，詩成之後「可謂才子」的評價，更突顯了蕭衍的厚愛。但從蕭子顯私下對旁人的話來看，顯然他也承受了許多表面無法看到的壓力。

第四節　小結

綜合上論，「六朝應制詩與政治權力的關係」可分三點爬梳於下：

一　應制詩的定義與討論範圍

應制詩的必要條件有二：第一為詩人應令所完成之詩作；第二則必須是承皇帝（應詔）、太子（應令）或諸王（應教）之命所寫。若少一項，就不能視為應制詩。由於在內容、風格、創作動機的表現上與公宴詩相近，輔以歷來評議與選文上的標準不一，導致應制詩與公宴詩經常被混同而論，但其實公宴詩限制的是寫作場合，而應制詩限制的是寫作身份，故可由兩點來區別：第一，由下令作詩者的身份來區別——依前述對於應制詩的定義，下令寫詩者必須具有帝王、太子或諸侯王的皇室身份，這些承命所作之詩才能稱作「應制詩」；而公宴詩的下令者則為宴會的主人、詩人的長官，但並不一定為皇族。第二，從創作地點來區分——公宴詩產生的場合，必須是在遊宴之時，應制詩則不限制寫作的場合。

而關於應制詩的討論範圍，為了避免衍生眾多不必要的例外狀況，而糾結於過多的但書，導致判別時左右為難，故判斷作品是否歸於應制詩，還是以下令者的身分必須為皇帝、太子或諸王的身分為依據，較為合適且免爭議。以曹操與劉裕為例，曹操至少須在建安十八

年（213）突破漢代爵制、受封為魏公，獲得十郡的封地，「得皇帝親賜在諸侯王上」時，其所下令所作之詩，才能符合應制詩的定義（即屬諸王的應教詩）；而劉裕亦須在義熙十四年（418年）受封為宋公、建宋國後，且身分「已由天子詔示位在諸侯王上」後，在戲馬臺命屬下餞別賦詩之作品，才可視同諸侯王所令之應教詩。

二　應制詩與政治勢力消長的關聯

（一）魏晉時期：應制詩興衰與政治起落休戚相關

　　曹丕未稱帝前，尚有諸多令鄴下文人寫作的公宴詩作，然稱帝後在位七年，竟未有應制之作傳世；魏明帝曹叡內憂外患的處境亦與魏文帝相差不多，在曹氏政權產生極大的危機、在司馬氏掌權之時，僅在魏少帝曹髦一朝偶有應制詩寫作的紀錄，在政權不穩的局勢下，應制詩數量極少。

　　至西晉時期，雖晉武帝司馬炎其實並不喜好寫作，甚至可能稱不上是文學的愛好者，但應制詩除了有帝王所令寫的應詔詩外，由太子所令寫的應令詩，以及由諸王所令寫的應教詩，均有不少作品流傳。這代表皇室可能開始注意應制活動的效益，將之視為展現政治權力的儀式，並透過對臣子的賞賜，刻意展現自己對於內容、風格的偏好，藉以鞏固皇權；而臣子也能透過寫作詩歌，來換取政治、財物或名聲上的利益。故應制詩逐漸固定為以皇室喜好為主的寫作模式與風格。但在晉武帝司馬炎及晉惠帝司馬衷二朝時出現高峰後，應制詩又因政局動盪而迅速的衰微，尤其是東晉時期，由於政治紛擾、皇權不穩的情況下，關於應制詩的作品及相關記載又趨匿跡。

（二）南朝時期：以皇室成員為領袖的文學集團，促成了應制詩的高度發展

到了南朝時期，應制詩寫作有了全新的局面。由於文學集團的興起，應制詩的寫作不再因每個朝代的國祚都不長，政權更替頻繁而影響，甚至還在齊、梁二朝時達至顛峰，成為中國文學史上少見之盛況。此時期與魏晉時期最大的不同處，其中之一即是文學集團主人的身份，從皇室及權臣共有的情形，轉為幾乎以皇室為首。當文學集團是以皇室為核心進行活動時，由集團主人所下令撰寫的作品，無論其動機為何，都可視為應制之作。故相較於魏晉時期，南朝應制詩不僅在創作機會上增加許多，而且寫作場合也不受限制，更重要的是，應制詩的題材與內容出現更多的變化。

三　應制詩的價值及正格，承繼與開展

應制詩就是一場文人與皇權在政治場合上的對話，是文人藉以在帝王面前展現自身才能，並透過揣摩在上位者的喜好，以獲取更高、更優渥的獎賞或地位的工具。故以「冠裳珮玉」、「典實富艷」的文字，作為爭取政治權力時的籌碼，本為應制詩的本質。換言之，應制詩的價值就是在「用」，目的則是在政治場合中取得發聲權。

在此背景下，迎合上意的作品可說是應制詩的主流，作阿諛諂媚之語實是其常態。曹魏時期的曹髦對於眾人詩作，進行優劣評價與賞罰，代表下令者的喜好，成為一種公開的寫作標準；西晉除了歌功頌德之作，亦有遊宴時的歡愉、餞別時的離情，顯示了應制詩創作題材的拓展。此外，西晉時還存在有諷刺言志一類的應制詩，雖然一直不是主流，數量也不多，但在應制詩發展初期的魏晉，確能見到此種類型的產生。

　　但諷刺言志的應制詩，進入南朝以後已不復見。由於南朝時期帝王身兼文學集團的領袖，應制詩也因此成為文人與皇室互蒙其利的工具——皇室透過賞賜之舉，加強了皇權的威勢；而文人則可藉此獲得皇室的厚愛賞識，以提升文壇與政治地位。當時應制詩寫作模式包括：（一）承曹魏和西晉時以來，在遊宴或舉辦重要慶典時，下詔群臣賦詩；（二）皇室與臣子共作的模式；（三）個別命令臣子寫作。

　　六朝應制詩是一種「詩用社會文化」，文人將「詩」作為文化資本，由應制這種政治社交活動來交換權勢地位或是財富，是以詔諛帝王功德自然是最快且最適當的方式；而當以皇室為核心的文學集團愈興盛時，應制活動由歌功頌德轉向以詩為戲的想法，便帶動了結合娛樂、競技的遊戲之作，如南齊的蕭子良集團，凡郡縣名、藥名等均曾入題應制，以及奉和樂府詩句型之作等，都呈現出不同於詔諛之詞的遊戲娛樂性質；其後梁朝的太子蕭統等人以〈大言〉和〈細言〉為題的系列作品，結合了思維、想像與遊戲性；至陳後主時，更是癡迷於應制詩的趣味，至讓臣子「日夕陪侍」，且「從夕達旦」的舉行應制活動，可說是將應制詩徹底與日常的休閒娛樂結合，且由南朝時眾多君臣「同題共作」的作品，可知皇室對應制詩參與的程度已不僅是下令的角色，而是參與其中並以為樂。由此可知，南朝應制詩會開展出具唱和、遊戲等娛樂競技的性質，實與文學集團的興盛、且由皇室成員為集團主人二點，息息相關。

第四章
南朝文人樂府詩中的遊戲性與技藝性

　　王小盾在〈《文心雕龍・樂府》三論〉一文中，曾對於「樂府」
一名有如下說明：

> 漢以來，人們的確在以下四個涵義上使用了「樂府」一名：其
> 一，以它指稱漢魏六朝的宮廷音樂機關；其二，以它指稱在這
> 種音樂機關中演唱的歌辭；其三，以它指稱通過樂府歌唱而形
> 成的一種詩體，包括歷代文人對這種詩體的擬作；其四，以它
> 指稱一般意義上的歌辭。[1]

檢視王小盾的分類，雖未明白標舉樂府一詞在歷史上的演變歷程，但
其順序實正為樂府從狹義擴展至廣義的變化。

　　樂府一詞，最早便是如王小盾於第一項所言，是指掌管音樂的官
署之名——其初始時代，無論是依班固（32-92）〈兩都賦序〉、《漢
書・禮樂志》及《漢書・藝文志》所載，認定設立於漢武帝劉徹（西
元前156-西元前87）之時；[2]或如近代學者由出土文獻中考據推斷，樂

1　王小盾：〈《文心雕龍・樂府》三論〉，收入《文學遺產》2010年第3期（2010年），
頁26。

2　〔漢〕班固〈兩都賦序〉：「大漢初定，日不暇給。至於武宣之世，乃崇禮官，考文
章，內設金馬石渠之署，外興樂府協律之事，以興廢繼絕，潤色鴻業。」〔南朝
梁〕蕭統編、〔唐〕李善注：《文選》（臺北：五南圖書出版有限公司，1999年9
月），頁1-2。《漢書・禮樂志》：「至武帝定郊祀之禮，祠太一於甘泉，就乾位也；祭
后土於汾陰，澤中方丘也。乃立樂府，采詩夜誦，有趙、代、秦、楚之謳。以李延

府作為官方的音樂機構的最早紀錄,當始於戰國時期,[3]其實都不影響「樂府」一名最初所代表之義。而後由漢代樂府官署所採集的各類型作品,即為後世文人所稱之為「樂府」或「樂府詩」──即是王小盾所指出的第二項。至魏晉之後,「樂府」開始被視為一種獨立的詩體,逐漸從民間擴展至文人階層的寫作,而產生大量的樂府擬作──此為王小盾所列的第三項。至於第四項,即指後世已以「樂府」涵括其他與音樂相關之文體──如詞、曲等。樂府詩的範圍與類別,便是在這樣的發展中愈趨廣泛。錢志熙認為:

> 由於年代的推移,人們對於漢代樂歌的情況逐漸晦昧不清了,對於漢代各類詩歌中哪些屬於樂府詩、哪些不屬於樂府詩,也並沒有一定的分界。大抵是時代愈後,漢樂府的範圍也愈擴大。[4]

隨著後世對漢樂府詩的認知範圍趨廣,也擴大了六朝文人樂府的創作

年為協律都尉,多舉司馬相如等數十人造為詩賦,略論律呂,以合八音之調,作十九章之歌。」《漢書·藝文志》:「自孝武立樂府而采歌謠,於是有代趙之謳,秦楚之風,皆感於哀樂,緣事而發,亦可以觀風俗,知薄厚云。」(北京:中華書局,1997年11月)頁272、451。王運熙〈漢武始立樂府說〉一文,亦有詳細的論述,收入氏著:《樂府詩述論》(上海:上海古籍出版社,1996年6月),頁177-179。

3　例如:陳四海〈樂府:始於戰國〉一文,便以近四十年的出土文物推論而認為:「從當時戰國系統『樂府』機構的設置、職能及它們之間的關係來看:戰國時期的音樂機構存有兩套系統,及奉常所屬的『太樂』和少府所轄的『樂府』,其間有著明確的分工。『太樂』主要掌管宗廟祭祀、典禮儀式音樂(為雅樂),『樂府』主要掌管供帝王享樂的音樂(為俗樂)。」收入《音樂研究》,2010年第1期(2010年1月),頁78。但也有學者認為秦、漢樂府不可混淆,例如:韓國良〈「漢武乃立樂府」考〉就認為:「『樂府』之名雖然秦時已有,但漢時樂府與秦時樂府終屬兩事。」、「漢代樂府至武帝始立,這仍然是一個不可否認的實事。」收入《河南師範大學學報(哲學社會科學版)》2003年第6期(2003年),頁93。

4　錢志熙:《漢魏樂府的音樂與詩》(鄭州:大象出版社,2009年9月),頁46-47。

空間。然而，畢竟民間與文人階層的喜好不同，故「魏晉以降由文人
所擬的樂府詩」與「以民間為主的漢樂府詩」相較，在修辭、內容或
創作動機上均有不小的差異。研究南朝樂府詩的學者們對此多有相關
的論述，如羅根澤（1900-1960）就指出：

> （南朝文人仿效之樂府）作者皆為文人學士，其格調摹仿古
> 昔，其字句力求美麗。雖不能謂全無感情，然大半皆為作樂府
> 而作樂府，非為情感需要而作樂府，且限於格調，汩於字句，
> 即有情感，亦難得充分之表現。……讀仿效者，則雖不盡同嚼
> 蠟，然亦難得若何感動。[5]

羅根澤將寫作樂府詩的動機，分成「為作樂府而作樂府」與「為情感
需要而作樂府」二種，已經指出了漢朝與南朝樂府詩的最大差異。即
使漢樂府詩通常不知作者姓名，但因具有真實情感，故往往令讀者動
容；而南朝文人雖具名撰寫樂府詩，卻並不一定是因情而發、感事而
動，而內容也不見得是真實的情況，所以難以令讀者感動。蕭滌非
（1907-1991）亦持同樣的態度：

> 今之言文學史者，率偏重南朝數大詩人，而略於其樂府，要知
> 南朝樂府自是富有時代性與創作性之文學。……舉凡前此所謂
> 「移風易俗，莫善於樂」，所謂「先王作樂崇德，以格神人，
> 通天下之至和，節群生之流散」，與夫班固所謂「足以觀風
> 俗，知薄厚」，種種傳統觀念與功用，至是已全行打破而歸於
> 消滅。[6]

5　羅根澤：《樂府文學史》（臺北：五南，2014年4月），頁142-143。
6　蕭滌非：《漢魏六朝樂府文學史》（臺北：長安出版社，1976年10月），頁240。

蕭滌非所謂「富有時代性與創作性」的評價,看似是表彰南朝樂府詩在文學史上的地位,但其實是反諷之語,其旨實為突顯「漢樂府原本具有的觀念與功用,至南朝樂府詩已完全不復存在」。

　　據羅根澤和蕭滌非的評論可知,雖然同樣稱為樂府詩,也同樣屬於入樂的作品,但在後世文人的眼中,兩者的本質與功能完全不同──漢樂府詩「感於哀樂,緣事而發」(《漢書・藝文志》語),處處充滿著情志;而南朝文人樂府詩則雕琢字句,追求華麗的形式結構,情志方面則多半是無病呻吟。此即如同王運熙(1926-2014)所言:

> (漢樂府)絕不無病呻吟,而是在現實中有了深切的感受,不能不形諸歌詠。這是漢樂府民歌所以具有高度現實性的重要原因。……兩晉南北朝時代,不少文人寫了許多摹仿漢樂府的擬古樂府。由於他們大都生活空虛,又缺乏先進的理想,只是沿襲漢樂府的題材,在語言上盡力雕琢,冀求華美,因此難得產生優秀詩篇,而充斥著庸俗無聊的作品。[7]

姑且不論詮釋漢樂府詩時,是否僅能憑藉著「採集自民間」一項,便可以在無法確認作者的情形下,判斷出「在現實中有了深切的感受」的結論;但南朝文人的樂府詩,的確如其所言,重視文字的雕琢,盡力以求華美。之所以會產生這樣的改變,恐怕與當時文人在寫作時,常常注重詩歌的遊戲性與技藝性有關。而這兩種性質很可能即是當時創作樂府的主流。因此,本文擬從此角度切入,以觀察南朝文人如何在實際創作上,改變了漢樂府詩抒情言志的性質,轉換成為另一種全新的樂府詩。

7　王運熙:《漢魏六朝唐代文學論叢》(上海:上海古籍出版社,1981年10月),頁12、14。

第一節　樂府詩的娛樂性質及其轉變

　　依據班固《漢書》的說法，樂府官署的主要工作，就是採集各地歌謠，用以「觀風俗，知薄厚」。這是構成漢樂府詩的主體，也是歷來文人最為重視之處。然而，所謂「觀風俗，知薄厚」的功能，是針對在上位者的「感發」而言，但若就漢樂府詩對當時民間的影響來說，娛樂性質恐怕才是主流。據《漢書・禮樂志》記載：

> （成帝）時，鄭聲尤甚。黃門名倡丙彊、景武之屬富顯於世，貴戚五侯定陵、富平外戚之家，淫侈過度，至與人主爭女樂。哀帝自為定陶王時疾之，又性不好音，及即位，下詔曰：「……罷樂府官。郊祭樂及古兵法武樂，在經非鄭衛之樂者，條奏，別屬他官。」丞相孔光、大司空何武奏：「……大凡八百二十九人，其三百八十八人不可罷，可領屬大樂，其四百四十一人不應經法，或鄭衛之聲，皆可罷。」奏可。然百姓漸漬日久，又不制雅樂有以相變，豪富吏民湛沔自若。[8]

這段文字有幾個值得注意的地方：首先，可以看出（至少在西漢後期）民間已將樂府詩作為流行娛樂，影響日深，朝廷也難以制止風氣持續蔓延；其次，由中央欲撤樂府官署以制此風一事，可知：樂府詩對朝廷而言，恐怕亦是娛樂性大於「觀風俗，知薄厚」的功能，否則又何須「以身作則」，廢除樂府之官？

　　除了採集民間之詩外，漢樂府詩其實尚有帝王召集文人進行創作的作品，也就是《漢書・禮樂志》所云：「舉司馬相如等數十人造為

8　〔東漢〕班固：《漢書》，頁279。

詩賦,略論律呂,以合八音之調,作十九章之歌」這一類的作品。陸
侃如(1903-1978)、馮沅君(1900-1974)曾依漢樂府詩的性質,將
郭茂倩(1041-1099)《樂府詩集》的十二類,再歸納為三種類型:

> 〈郊廟歌〉、〈燕射歌〉及〈舞曲〉為第一組,都是貴族特制的
> 樂府。〈鼓吹曲〉與〈橫吹曲〉為第二組,都是外國輸入的樂
> 府。〈相和歌〉、〈清商曲〉及〈雜曲〉為第三組,都是民間採
> 來的樂府。[9]

其中「貴族特制的樂府」一組,即是由帝王召集文人創作詩歌的部
分──既為文人所寫,則通常較為重視詞義,大都是朝廷用於祭祀宗
廟、宴饗賓客(所以陸侃如、馮沅君才特地強調為貴族之用),屬於上
層社會的雅樂。故此類樂府詩,不僅重視音樂性,也更加著重於文字
所呈現的美感。加上在「好以文學娛樂耳目」的漢武帝為首,開展出
「由官方指定文人創作」的樂府內容時,正也是「貴遊文學」的盛行
之際。所謂「貴遊文學」,王夢鷗(1907-2002)曾有過詳細的解釋:

> 青木正兒先生在中國文學思想史使用「貴遊文學」一詞,以指
> 稱宋玉以下一系列宮廷文士與侯門清客的文學,其涵義較可涵
> 蓋此一事實,而大意尤切近於班固在〈兩都賦序〉所指稱的
> 「言語侍從之臣」。這些臣僚,雖不盡是出身於貴族,但以言
> 語的技藝伺候當時對文學有興趣的貴人,上自天子,下及侯
> 王,則是他們共通的職業性。因此貴遊文學家可包括天子侯王

　　以及其言語侍從之臣，而稍別於一般的士大夫。[10]

　　所謂貴遊文學，是包括歷代帝室侯門及其招攬的一夥文人共為
　　消閒而從事的活動。……貴遊文學的本質，重要的乃在作家與
　　欣賞者都是從遊戲或娛樂的觀點來欣賞文章。[11]

簡宗梧也有較為簡略的論述：

　　為娛耳悅目而寫作文章，原本是貴遊文學家的職志，也是他們
　　所謂「文」的觀念。[12]

兩人的觀點大致相同。綜合來說，貴遊文學是以皇室為主體，欣賞
「言語侍從之臣」所呈獻的文學作品，並視之為一種娛耳悅目的休閒
活動。在這場活動中，欣賞者能夠經由作品，得到娛樂的效果；創作
者則可透過文字技藝，在取悅皇室的同時，突顯自己的能力。而漢代
的文人樂府詩既是成於皇室指定下的作品，那麼受到「上位者的態
度」與「貴遊之風」的影響，而發展出娛樂性質，實屬勢之所趨。
　　因此，無論是從民間或皇室的角度，都可以清楚看出漢樂府詩的
娛樂性質。當然，這並非否定「感於哀樂，緣事而發」的詮釋，而是
必須要清楚了解漢樂府詩的娛樂性，恐怕才是當時的主流；那些後世

10　王夢鷗：〈貴遊文學與六朝文體的演變〉，收入《古典文學論探索》（臺北：正中書
　　局，1987年8月），頁122。

11　王夢鷗：〈漢魏六朝文體變遷之一考察〉，收入《傳統文學論衡》（臺北：時報文化
　　出版企業有限公司，1987年6月），頁83、88。

12　簡宗梧：〈六朝世變與貴遊賦的衍變〉，收入李豐楙主編：《文學、文化與世變》（臺
　　北：中央研究院中國文哲研究所，2002年4月）頁35。

文人所重視的社會現實、倫理價值，則是被包含在娛樂當中。錢志熙曾指出：

> 樂府藝術從整體上看，是一種娛樂型的藝術。作為這一個藝術體系中的一部分的樂府歌辭，也體現了這個特點。……漢樂府詩表現出漢代社會普遍性的倫理觀念。但這種倫理價值是通過娛樂功能而體現的。可以說在樂府藝術中，娛樂功能是第一性的，倫理功能是第二性的。[13]

> 漢樂府詩作者、說唱者首先要追求的是一種娛樂的功能，所以要做到故事的生動性，成功地再現社會生活中的種種畫面，要選擇最能引起觀聽者興趣的事件。這就使得漢樂府詩比後世文人詩更全面地反映了社會生活的各部分，不僅揭露現實的問題，還再現了社會的風俗。[14]

此說法完滿的融合了兩種截然不同的詮釋角度，十分有見地。只是，如果漢樂府詩中高度的現實感，純粹是為了引起觀聽者的興趣，那麼恐怕難免將極盡所能的在文字用語、內容情節上加油添醋。若是如此，則所謂「揭露現實的問題」、「再現社會的風俗」，是否只是作者創作時，所刻意展現出的誇大效果？這或許是要再思考的地方。不過，無論如何，「漢樂府詩具有娛樂性」應是不爭的事實。

然而，樂府詩發展到了漢末魏晉之時，音樂性卻逐漸不為文人所重視。劉勰（約465-521）《文心雕龍・樂府》云：

---

13 錢志熙：《漢魏樂府的音樂與詩》，頁69。
14 錢志熙：〈樂府古辭的經典價值──魏晉至唐代文人樂府詩的發展〉，《文學評論》1998年第2期（1998年），頁65。

> 觀高祖之詠〈大風〉，孝武之歎〈來遲〉，歌童被聲，莫敢不
> 協。子建士衡，咸有佳篇，並無詔伶人，故事謝絲管，俗稱乖
> 調，蓋未思也。[15]

可見曹植（192-232）、陸機（261-303）在創作樂府詩時，已經不太
注重其音樂性，而兩人所寫的這類作品，也常被視為是樂府詩文字與
音樂分離的轉折點。面對這種情形，劉勰只以「未思」帶過並未做深
入解釋。而此「未思」，究竟是一時疏忽，沒有謹慎思考樂府詩的音
樂性？還是即使知道卻刻意為之，轉而重視文字？不過，無論是哪一
種情形，此時文人創作樂府偏重於文字藝術之抒情及美感，已顯然可
見。王易（1889-1956）便認為：

> 至若貴介時君，握權怙勢，率意有作，強付樂人；歌者腹非，
> 聽者耳棘。如〈薤露〉喪歌，曹祖假而嗟嘆；〈陌桑〉麗曲，
> 晉樂奏若遊仙，聲情已違，施何能久？[16]

由「聲情已違」可知，魏晉文人實已重視樂府詩的「文字內容」甚於
「音樂曲調」。而黃侃（1886-1935）據《文心雕龍・樂府》的說法，
再區分為四種：

> 一，樂府所用本曲，若漢相和歌辭〈江南〉、〈東光〉之類是
> 也。二，依樂府本曲以制辭，而其聲亦被弦管者，若魏武依
> 〈苦寒行〉以製〈北上〉，魏文依〈燕歌行〉以製〈秋風〉，是

---

15 〔梁〕劉勰著、周振甫注：《文心雕龍注釋》（臺北：里仁書局，1998年9月），頁
112-113。
16 王易：《樂府通論》（臺北：廣文書局，1979年），頁9。

也。三,依樂府題以製辭,而其聲不被弦管者,若子建、士衡
所作是也。四,不依樂府舊題自創新題以製辭,其聲亦不被弦
管者,若杜子美〈悲陳陶〉諸篇,白樂天新樂府是也。從詩歌
分途之說,則惟前二者得稱樂府。後二者雖名樂府,與雅俗之
詩無異。……要之樂府四類,惟前二類名實相應。其後二類,
但有樂府之名,無被管弦之實,亦視之為雅俗之詩而已矣。[17]

黃侃所分的四類,實與歷史發展的脈絡相符:第一類「樂府所用本
曲」是原先採集而來的漢樂府詩;第二類「依樂府本曲以制辭,而其
聲亦被弦管者」及第三類「依樂府題以製詞,而其聲不被管弦者」,
皆是漢末魏晉的文人擬作樂府,但已分為入樂及不入樂兩種類型。可
見此時期的確是樂府詩的轉捩點,文字與音樂逐漸分道揚鑣。樂府詩
發展到了唐代後,就進入第四類「不依樂府舊題自創新題以製辭,其
聲亦不被弦管者」,已迥異於漢樂府詩。

　　黃侃的說法雖已初步歸納出文人樂府詩在寫作模式上的轉變,但
在「依樂府題以製詞」的部分,其實還稍嫌粗略,錢志熙針對此類
「沿襲古題」的作品有更進一步的論析:

文人樂府詩「沿襲古題」又有三種情況:一是依舊曲調作新
詞,仍然冠以舊調的題名,如建安詩人的樂府詩;二是不遵原
曲調,只是摹擬舊篇章,黃初至晉宋的古題樂府多是這種寫
法;三是既不遵原曲調,也不摹擬舊篇,而是賦寫古樂府詩的
調名題名,棄古意而造新詞,齊梁至唐代的古題樂府多是這種
寫法。[18]

---

17 黃侃:《文心雕龍札記》(臺北:文史哲出版社,1973年6月),頁40。

18 錢志熙:〈齊梁擬樂府詩賦題法初探──兼論樂府詩寫作方法之流變〉,《北京大學
　　學報(社會科學版)》1995年第4期(1995年),頁60。

此論不但涵括了黃侃未涉及到的南朝部分，更是詳盡地統整了漢末魏晉至南朝文人樂府詩的變化。而南朝文人所寫作的「賦題樂府」，即是以「嚴格地由題面著筆，按著題面所提示的內容傾向運思庇材」的方式，[19]徹底改變了樂府詩的寫作方式與性質。

雖然魏晉以後的文人樂府詩，已逐漸脫離音樂性，但這並非因為魏晉文人不喜愛音樂，蕭滌非即云：

> 魏樂府之不采詩，並非厄於環境而不能，實由於樂府觀念之改
> 變而不為。前此論樂，重與政合，故雖兩漢，不廢采詩。今既
> 以八音但為耳目之觀好，根本否認其政治效用。[20]

此論述是由《三國志·鮑勛傳》[21]推論而來。依〈鮑勛傳〉記載，可知曹丕（187-226）曾將「遊獵」與「音樂」並列比較，足見將音樂視為娛樂的觀念在當時依舊盛行。既是如此，何以魏晉以降的樂府詩會捨棄音樂性，而側重於文字部分呢？這當然有多種可能，除了音樂

---

19 錢志熙：〈齊梁擬樂府詩賦題法初探——兼論樂府詩寫作方法之流變〉，頁61。另外，龔鵬程也有類似的說法：「一是就著題目作詩，……二是不管古辭或古題之涵意如何，自己放開了筆去寫，……三是由舊題輾轉相擬，別生新題。」頁204。

20 蕭滌非：《漢魏六朝樂府文學史》，頁113。

21 《三國志·鮑勛傳》：「文帝將出游獵，勛停車上疏曰：『臣聞五帝三王，靡不明本立教，以孝治天下。陛下仁聖惻隱，有同古烈。臣冀當繼蹤前代，令萬世可則也。如何在諒闇之中，修馳騁之事乎！臣冒死以聞，唯陛下察焉。』帝手毀其表而競行獵，中道頓息，問侍臣曰：『獵之為樂，何如八音也？』侍中劉曄對曰：『獵勝於樂。』勛抗辭曰：『夫樂，上通神明，下和人理，隆治致化，萬邦咸乂。移風易俗，莫善於樂。況獵，暴華蓋於原野，傷生育之至理，櫛風沐雨，不以時隙哉？昔魯隱觀漁於棠，春秋譏之。雖陛下以為務，愚臣所不願也。』因奏：『劉曄佞諛不忠，阿順陛下過戲之言。昔梁丘據取媚於齊臺，曄之謂也。請有司議罪以清皇朝。』帝怒作色，罷還，即出勛為右中郎將。」〔晉〕陳壽：《三國志》（北京：中華書局，1997年11月），頁107。

曲調較易受外緣因素影響而失傳,導致「早期聲辭結合時究竟是何情狀,其實難知」之外,[22]龔鵬程也提出了「中央政府沒有讓樂府形成一種足以深植人心的文化傳統」、「文字藝術逐漸成為主導勢力」兩個觀點,可為參考:

> 相較於周朝的樂歌,我們就會發現漢樂府雖亦繁盛,可是它的壽命卻短,亦未如在周一般,受到整體社會的重視,更不曾與文化教育體制結合起來。

> 漢代樂府歌曲雖也可能流行一時,但在文字藝術占主導勢力的時代,事實上已逐漸融攝入文字的體系中。樂曲易亡,文人對曲之相關音樂問題亦並不在意,逕自從文辭上去理解它。故漢樂府大抵到漢末曹魏時期便亡了或詩化了。[23]

當漢末魏晉的文人多由從文字上來詮釋及模擬漢樂府詩,樂府詩便由「文字內容與音樂曲調為主」,逐漸轉變為「以文字修辭為重」;到了西晉末年至東晉時期,內亂外患頻仍,加速樂府詩的音樂大量散失,導致樂府詩的發展更加往文字傾斜;至南朝齊、梁之時,文人對於樂府詩的趣味,已經完全由音樂轉向文學了。[24]由此可知,在樂府詩的開展上,漢末魏晉時期確實是關鍵轉折。

---

22 龔鵬程:「樂府不僅聲多湮滅,就是辭亦多不可考,早期聲辭結合時究竟是何情狀,其實難知。這些現實條件,都令作樂府的人越來越不能照顧音樂部分,只能就辭、就題目去發揮。」《中國文學史》(臺北:里仁書局,2009年1月),頁204。

23 龔鵬程:《中國文學史》,頁66、67-68。

24 錢志熙:「降之齊梁時代,漢樂府詩的經典地位更漸被淡忘,這與劉宋以後漢魏舊樂衰歌,吳聲西曲興盛有關係,但更主要的是文人於樂府詩的趣味已完全由音樂轉向文學。」〈樂府古辭的經典價值──魏晉至唐代文人樂府詩的發展〉,頁69。

　　雖然文人寫作樂府詩逐漸不在意音樂性，但樂府詩的娛樂性依舊存在，只是娛樂性的展現的方式，亦從文字修辭與音樂曲調並重，轉換為以文字修辭為主，有時甚至可以不用考慮其音樂性。也因為愈來愈注重文字修辭，所以樂府詩的文學性自然也增加許多。錢志熙指出：

> 樂府詩由社會性的娛樂藝術變成文人自娛情志的個人性創作，其性質已經發生了變化。而曹植、陸機等魏晉詩人進一步脫離了曲調，其性質自然有了更為根本性的改變，音樂的性質漸趨淡化，而文學的性質則大大地增強了。[25]

此說相當允當。值得注意的是，文學性的增加，並不完全是因為音樂性淡化所導致，而是由於文人的大量創作，使文人樂府詩逐漸取代民間樂府詩的地位，而成為樂府詩的主流。既然由熟悉文字藝術的文人主導，那麼樂府詩逐漸朝向文學性發展，也就不令人意外。另外，錢志熙所言「樂府詩由社會性的娛樂藝術變成文人自娛情志的個人性創作」，從另一個角度來說，其實就是指娛樂對象的改變。故樂府詩的娛樂性質並未消退，只是娛樂對象從一般民眾或帝王，改成以文人自身為主。同時，透過文學技藝性的強化，也讓樂府詩的娛樂型態從「偏向社會普遍性」轉換為「偏向菁英的文人階層」。這種情形自漢末魏晉至南朝，愈趨明顯，而娛樂方式的展現，自然與漢樂府詩更加不同了。

---

25 錢志熙：〈樂府古辭的經典價值──魏晉至唐代文人樂府詩的發展〉，頁68。

第二節　南朝文人樂府詩所展現的遊戲性與技藝性

　　當創作樂府詩的娛樂對象轉為文人自身後，其創作的場合，經常是在文學集團之中。自從以曹氏父子為首的鄴下文學集團，[26]開啟了六朝文學集團之風氣後，文人的創作便常常與文學集團有關。這是因為文人處在特定群體之中，很容易以文學作品作為交遊之用——有時是表示彼此之間的情誼，有時是在遊宴場合上用以娛樂。而漢樂府詩本來就常在遊宴時，透過伶工的表演作為娛樂之用，故當漢末魏晉的文人樂府詩，開始將娛樂的主體由音樂藝術轉換為文字技巧，並一路發展至文學集團最為興盛的南朝時，文人所寫那些具有娛樂性質的樂府詩，不僅數量最多，方式也最多樣化，從而開展出豐富的遊戲性與技藝性。底下將以南朝文人樂府詩中，較常見的兩種創作方式，來討論其所展現的遊戲性與技藝性。

一　依樂府古題題義的創作方式

　　所謂「依樂府古題題義」指的是將漢樂府原本的題目視為題材，作品則圍繞此題目而寫。類似命題作文的撰寫方式。

（一）〈同沈右率諸公賦鼓吹曲二首〉

　　此類的詩作很多，而「同題共作」的作品，又是其中帶有強烈遊

---

26 《詩品序》：「降及建安，曹公父子，篤好斯文；平原兄弟，鬱為文棟；劉楨、王粲，為其羽翼。次有攀龍託鳳，自致於屬車者，蓋將百計。彬彬之盛，大備於時矣。」〔南朝梁〕鍾嶸著、王叔岷箋證：《鍾嶸詩品箋證稿》（臺北：中央研究院中國文哲研究所，1992年3月），頁58。《文心雕龍·時序》：「魏武以相王之尊，雅愛詩章；文帝以副君之重，妙善辭賦；陳思以公子之豪，下筆琳琅：並體貌英俊，故俊才雲蒸。」〔南朝梁〕劉勰著、周振甫注：《文心雕龍注釋》，頁815。

戲性與技藝性的型態。王融（467-493）、謝朓（464-499）、劉繪、沈
約（441-513）皆著有〈同沈右率諸公賦鼓吹曲二首〉，便是一例：

想象巫山高，薄暮陽臺曲。煙霞乍舒卷，蘅芳時斷續。
彼美如可期，寤言紛在矚。憮然坐相思，秋風下庭綠。
（王融〈巫山高〉）

相望早春日，煙華雜如霧。復此佳麗人，念情結芳樹。
綺羅已自憐，萱風多有趣。去來徘徊者，佳人不可遇。
（王融〈芳樹〉）

早翫華池陰，復影滄洲枻。椅梔芳若斯，葳蕤紛可結。
霜下桂枝銷，怨與飛蓬折。不廁玉盤滋，誰憐終委絕。
（謝朓〈芳樹〉）

千里常思歸，登臺臨綺翼。纔見孤鳥還，未辨連山極。
四面動清風，朝夜起寒色。誰知倦遊者，嗟此故鄉憶。
（謝朓〈臨高臺〉）

高唐與巫山，參差鬱相望。灼爍在雲間，氛氳出霞上。
散雨收夕臺，行云卷晨障。出沒不易期，嬋娟以悵惘。
（劉繪〈巫山高〉）

別離安可再，而我更重之。佳人不相見，明月空在帷。
共銜滿堂酌，獨斂向隅眉。中心亂如雪，寧知有所思。
（劉繪〈有所思〉）

發萼九華隈，開跗寒露側。氤氳非一香，參差多異色。
宿昔寒飆舉，摧殘不可識。霜雪交橫至，對之長歎息。
（沈約〈芳樹〉）

高臺不可望，望遠使人愁。連山無斷絕，河水復悠悠。
所思竟何在，洛陽南陌頭。可望不可見。何用解人憂。
（沈約〈臨高臺〉）²⁷

根據郭茂倩《樂府詩集》引《古今樂錄》記載：

漢鼓吹鐃歌十八曲，字多訛誤。……七曰〈巫山高〉……十一
曰〈芳樹〉，十二曰〈有所思〉……十六曰〈臨高臺〉。²⁸

則四人所作的〈巫山高〉、〈芳樹〉、〈臨高臺〉、〈有所思〉等「鼓吹曲
辭」，即指漢代的〈鼓吹鐃歌〉。再從四人之題皆為〈同沈右率諸公賦
鼓吹曲二首〉，而眾人寫作範圍也都限定為選取〈鼓吹鐃歌〉二首，
可知這些樂府詩確實為「同題共作」的作品。先論王融、劉繪所寫的
〈巫山高〉²⁹。郭茂倩《樂府詩集》引《樂府解題》云：

古詞言，江淮水深，無梁可度，臨水遠望，思歸而已。若齊王

27　以上詩作參見逯欽立：《先秦漢魏晉南北朝詩》（北京：中華書局，1998年5月），頁
　　1388-1389、1417-1418、1468、1620。底下所引之詩出處皆同，故不另加注。
28　〔宋〕郭茂倩：《樂府詩集》（臺北：里仁書局，1999年1月），頁225。
29　〈巫山高〉：「巫山高，高以大；淮水深，難以逝。我欲東歸，害（梁）不為？我集
　　無高曳，水何（梁）湯湯回回。臨水遠望，泣下霑衣。遠道之人心思歸，謂之
　　何！」。〔宋〕郭茂倩：《樂府詩集》，頁228。

融「想像巫山高」，……雜以陽臺神女之事，無復遠望思歸之
意也。[30]

其實不只是王融有這樣的問題，從劉繪「高唐與巫山，參差鬱相望」
起首一聯來看，同樣是以「巫山高」為題，但「雜以陽臺神女之事，
無復遠望思歸之意也」。這就表明了，王融、劉繪在寫樂府詩時，已
不管漢樂府詩原本的內容、詞義為何，單就原樂府詩題目表面之義發
揮，所以才會從「巫山」一詞，直接聯想到宋玉〈高唐賦並序〉所說
的巫山神女；[31]從漢樂府的「臨水遠望，泣下霑衣」思歸之情，轉變
成「憮然坐相思」、「出沒不易期，嬋娟以悵惘」的男女之愛。
　　〈臨高臺〉[32]則變化更大。從漢樂府的最後一句「令我主壽萬
年」，應可推測可能是一首臣下祝福主上之詩。但謝朓詩的內容，卻
非如此。他在首句先以「千里常思歸，登臺臨綺翼」起筆，明顯是扣
住「臨高臺」題面之義，將其與登高望遠而思歸的遊子心情結合，所
以頷聯和頸聯才會描述「孤鳥還」、「連山極」、「清風」、「寒色」等能
夠聯想到孤寂的意象，最後再帶出「誰知倦遊者，嗟此故鄉憶」的結
語。與原本漢樂府詩的內容，差異甚大，故《樂府解題》才有「若齊
謝朓『千里常思歸』，但言臨望傷情而已」的評論。[33]而沈約之詩亦是
如此，開頭直接以「不可望」緊扣「高臺」望遠之愁思，接著透過山

30　〔宋〕郭茂倩：《樂府詩集》，頁228。

31　宋玉〈高唐賦並序〉：「昔者先王嘗遊高唐，怠而晝寢，夢見一婦人曰：『妾巫山之
　　女也，為高唐之客。聞君遊高唐，願薦枕席。』王因幸之。去而辭曰：『妾在巫山
　　之陽，高丘之阻，旦為朝雲，暮為行雨。朝朝暮暮，陽臺之下。』旦朝視之如言。
　　故為立廟，號曰『朝雲』。」〔南朝梁〕蕭統編、〔唐〕李善注：《文選》，頁471。

32　〈臨高臺〉：「臨高臺以軒，下有清水清且寒。江有香草目以蘭，黃鵠高飛離哉翻。
　　關弓射鵠，令我主壽萬年。」〔宋〕郭茂倩：《樂府詩集》，頁232。

33　〔宋〕郭茂倩：《樂府詩集》，頁231。

水的連綿不絕，將思念之地洛陽帶出，最後再以「可望不可見，何用解人憂」作結，將哀淒的思緒推到最高處。整首詩所敘述的內容與情感，同樣與漢樂府之義不同。

至於只有劉繪所選作的〈有所思〉[34]，以及王融、謝朓、沈約共作的〈芳樹〉[35]，也是同樣的情形。漢樂府詩的〈有所思〉，詳細的描述女子的情感，從思念到決裂的過程，但劉繪的〈有所思〉卻只緊扣題面的相思之意，結句也就停留在「中心亂如雪，寧知有所思」。故郭茂倩《樂府詩集》評為：「但言離思而已。」[36]而漢樂府詩的〈芳樹〉，雖然有些詞義難以解釋，但大致還是可以看出，內容是描述思念之人愛上他人，己身之妒意與悲戚難以宣洩。但是謝朓、沈約二人的作品，卻是以「不廁玉盤滋，誰憐終委絕」、「霜雪交橫至，對之長歎息」，描述「時暮、眾芳歇絕」[37]。王融更是將「芳樹」比擬為佳人，透過、「去來徘徊者，佳人不可遇」來表達對於「芳樹」凋謝之情。這種以樂府古題之表面義為題，構思寫作的類型，可說是一種「命題寫作」了。

（二）〈班婕妤〉

同樣是「同題共作」的作品還有蕭繹（508-555）、孔翁歸、何思澄、陰鏗（約511-約563）的〈班婕妤〉。這組作品，是由當時為湘東

34　〈有所思〉：「有所思，乃在大海南。何用問遺君？雙珠玳瑁簪，用玉紹繚之。聞君有他心，拉雜摧燒之。摧燒之，當風揚其灰。從今以往，勿復相思。相思與君絕！雞鳴狗吠，兄嫂當知之。秋風蕭蕭晨風颼，東方須臾高知之。」〔宋〕郭茂倩：《樂府詩集》，頁230。

35　〈芳樹〉：「芳樹日月，君亂如於風。芳樹不上無心溫而鵲，三而為行。臨蘭池，心中懷我悵。心不可匡，目不可顧，妒人之子愁殺人。君有他心，樂不可禁。王將何似，如孫如魚乎？悲矣。」〔宋〕郭茂倩：《樂府詩集》，頁230。

36　〔宋〕郭茂倩：《樂府詩集》，頁230。

37　〔宋〕郭茂倩：《樂府詩集》，頁230。

王的蕭繹先作，再由底下文人孔翁歸、何思澄、陰鏗等人奉和而成：[38]

　　婕妤初選入，含媚向羅幃。何言飛燕寵，青苔生玉墀。
　　誰知同輦愛，遂作裂紈詩。以茲自傷苦，終無長信悲。
　　（蕭繹）

　　長門與長信，日暮九重空。雷聲聽隱隱，車響絕瓏瓏。
　　恩光隨妙舞，團扇逐秋風。鉛華誰不慕，人意自難終。
　　（孔翁歸）

　　寂寂長信晚，雀聲喧洞房。跰蹮網高閣，駁蘚被長廊。
　　虛殿簾幃靜，閑階花蕊香。悠悠視日暮，還復拂空床。
　　（何思澄）

　　柏梁新寵盛，長信昔恩傾。誰為詩書巧，翻為歌舞輕。
　　花月分窗進，苔草共階生。妾淚衫前滿，單眠夢裏驚。
　　可惜逢秋扇，何用合歡名。（陰鏗）

郭茂倩《樂府詩集》記載：

　　一曰〈婕妤怨〉。《漢書》曰：「孝成班婕妤，初入宮為少使，
　　俄而大幸，為婕妤，居增成舍。自鴻嘉後，帝稍隆內寵，婕妤
　　進侍者李平，平得幸，立為婕妤，賜姓衛，所謂衛婕妤也。其

---

38 孔翁歸、何思澄兩人之詩，在逯欽立《先秦漢魏晉南北朝詩》中，題為〈奉和湘東
　王教班婕妤〉，而陰鏗之詩題雖無奉和之名，但其曾擔任湘東王法曹參軍，故此樂
　府詩很可能此時同題共作的作品。

後趙飛燕姊弟亦從微賤興，班婕妤失寵，稀復進見。趙氏姊弟
驕妒，婕妤恐久見危，求供養太后長信宮，帝許焉。」《樂府
解題》曰：「〈婕妤怨〉者，為漢成帝班婕妤作也。婕妤，徐令
彪之姑，況之女。美而能文，初為帝所寵愛。後幸趙飛燕姊
弟，冠於後宮。婕妤自知見薄，乃退居東宮，作賦及紈扇詩以
自傷悼。後人傷之而為〈婕妤怨〉也。」[39]

則〈班婕妤〉即是描述漢成帝時代的班婕妤（西元前48-西元前6）故
事。上述所引的四首樂府詩，也的確都環繞著班婕妤自請供奉長信宮
的遭遇與情緒。尤其每首詩都刻意描述落寞淒涼的環境，如：「青苔
生玉墀」、「雷聲聽隱隱，車響絕瓏瓏」、「蜘蹰網高閣，駁蘚被長
廊」、「虛殿簾幃靜，閑階花蕊香」、「花月分窗進，苔草共階生」等
句，皆是透過以景起情，塑造出班婕妤的苦悶與悲戚。除了結句之義
有所不同外，整體的敘事、描景、用典，都大同小異。這種情形，明
顯是奉和同題共作下的影響，因為已經先有集團主人的詩作以為參
考，所以底下文人之詩，在內容及情感表達上，皆視其範例而作，但
同時又必須顯示出自己的獨特性，以展現自己寫詩的能力與技巧，所
以也可以視為另一種型態的命題之作。

由以上討論可見，南朝文人所創作之樂府，在同題共作的寫作型
態下，通常都具有一定的遊戲性、技藝性，馬予靜便認為：

開展集體性的創作活動，目的不外乎遣興娛懷、切磋技藝，最
終引向彼此之間的觀賞品評。所以同題共作往往就意味著同一
表現領域中的競勝比高，由此而明顯增強了創作主體的較量爭
勝意識，於是構思之巧、設詞之妙、造語之工的追求就成為必

39　〔宋〕郭茂倩：《樂府詩集》，頁626。

　　然的結果。[40]

可知樂府詩在南朝文人的觀念裡，已經是一種帶有娛樂性質的文學作品了。

（三）〈陌上桑〉

　　再以吳均（469-520）、王筠（481-549）、王臺卿皆曾寫過的〈陌上桑〉為例：

> 嫋嫋陌上桑，蔭陌復垂塘。長條映白日，細葉隱鸝黃。
> 蠶饑妾復思，拭淚且提筐。故人寧知此，離恨煎人腸。
> （吳均〈陌上桑〉）
>
> 人傳陌上桑，未曉已含光。重重相蔭映，軟弱自芬芳。
> 秋胡始倚馬，羅敷未滿筐。春蠶朝已老，安得久彷徨。
> （王筠〈陌上桑〉）
>
> 鬱鬱陌上桑，盈盈道傍女。送君上河梁，拭淚不能語。
> 鬱鬱陌上桑，遙遙山下蹊。君去戍萬里，妾來守閏閨。
> 鬱鬱陌上桑，皎皎雲間月。非無巧笑姿，皓齒為誰發。

---

40 馬予靜：〈論魏晉南北朝的同題共作賦〉，收入《河南大學學報（社會科學版）》，第43卷第5期（2003年9月），頁58。祁立峰亦有類似看法：「文學集團成員於貴遊活動時，依據同題或同動機進行創作，其主要目的確實有遊戲性或應酬性的功能。……貴遊活動就成為鍛鍊文字的場所，成為創作者競技逞能的舞臺。」〈相似與差異：論蕭子良文學集團同題共作的「書寫習性」與「互文性」〉，收入《興大中文學報》，第26期（2009年12月），頁22。

鬱鬱陌上桑，嫋嫋機頭絲。君行亦宜返。今夕是何時。

（王臺卿〈陌上桑〉四首）

〈陌上桑〉又名〈豔歌羅敷行〉、〈日出東南隅篇〉，根據郭茂倩《樂府詩集》記載：

> 一曰〈豔歌羅敷行〉。《古今樂錄》曰：「〈陌上桑〉歌瑟調。古辭〈豔歌羅敷行〉、〈日出東南隅篇〉。」崔豹《古今注》曰：「〈陌上桑〉者，出秦氏女子。秦氏，邯鄲人有女名羅敷，為邑人千乘王仁妻。王仁後為趙王家令。羅敷出採桑於陌上，趙王登臺見而悅之，因置酒欲奪焉。羅敷巧彈箏，乃作〈陌上桑〉之歌以自明，趙王乃止。」《樂府解題》曰：「古辭言羅敷採桑，為使君所邀，盛誇其夫為侍中郎以拒之。」與前說不同。[41]

雖然在故事中究竟是趙王欲奪之，還是使君欲邀之，有些爭議，但主角羅敷堅定拒絕之情節，仍然相同。西晉的傅玄（217-278）的〈豔歌行〉，基本上就是按照原樂府詩的內容，重新敘述這個故事，與樂府詩的差別，僅在於沒有點明羅敷採桑，以及在結尾處改用非常嚴肅且帶有教訓的口吻說出：「天地正厥位，為君改其圖」[42]，與原詩中羅敷標榜「盈盈公府步，冉冉府中趨。座中數千人，皆言夫婿殊」[43]的

---

41 〔宋〕郭茂倩：《樂府詩集》，頁410。

42 傅玄〈豔歌行〉：「日出東南隅，照我秦氏樓。秦氏有好女，自字為羅敷。首戴金翠飾，耳綴明月珠。白素為下裙，丹霞為上襦。一顧傾邑市，再顧國為虛。問女居安在，堂在城南居。青樓臨大巷，幽門結重樞。使君自南來，駟馬立踟躕。遣吏謝賢女，豈可同行車。斯女長跪對，使君言何殊！使君自有婦，賤妾有鄙夫。天地正厥位，願君改其圖。」

43 〈陌上桑〉：「日出東南隅，照我秦氏樓。秦氏有好女，自名為羅敷。羅敷憙蠶桑，

態度不同。但吳均、王筠和王臺卿所寫的〈陌上桑〉，卻非如此。三人之詩，雖然都以「陌上桑」開頭，但接下來的內容，都與原樂府詩大相逕庭。原本應為故事主角的羅敷，在吳均和王臺卿的詩中，隻字未提；在王筠的詩中，雖然提及一次，但卻是與秋胡對舉，明顯將秋胡妻與羅敷的形象合而為一，[44]而且只是作為典故運用。整體來看，三人所寫皆為離思，應該是擷取了原本故事中羅敷與丈夫分隔兩地的意思，不僅與原樂府詩之大意不同，而首句點題的「陌上桑」，也不過只是一種景物的意象，吳均、王筠之詩，尚將採桑之事與女子結合，但王臺卿之詩，不僅沒有描述採桑之舉，陌上之桑恐怕也是與下句「道傍女」等景物對舉，作為一種起興之用，並無實質之意。其實不只是前述三人如此，同樣寫〈豔歌行〉的張正見，也與傅玄不同。張正見〈豔歌行〉的內容不僅與羅敷故事無關，甚至還將其他人所著重的離思再翻一層，在結句直言：「不學幽閨妾，生離怨采桑」，[45]可見其新意。

採桑城南隅。青絲為籠係，桂枝為籠鉤。頭上倭墮髻，耳中明月珠。緗綺為下裙，紫綺為上襦。行者見羅敷，下擔捋髭鬚。少年見羅敷，脫帽著悄頭。耕者忘其犁，鋤者忘其鋤。來歸相怨怒，但坐觀羅敷。使君從南來，五馬立踟躕。使君遣吏往，問是誰家妹。秦氏有好女，自名為羅敷。羅敷年幾何？二十尚不足，十五頗有餘。使君謝羅敷，寧可共載不？羅敷前置辭，使君一何愚！使君自有婦，羅敷自有夫。東方千餘騎，夫婿居上頭。何用識夫婿？白馬從驪駒。青絲繫馬尾，黃金絡馬頭；腰中鹿盧劍，可直千萬餘。十五府小吏，二十朝大夫，三十侍中郎，四十專城居。為人潔白皙，鬑鬑頗有鬚。盈盈公府步，冉冉府中趨。坐中數千人，皆言夫婿殊。」

44 關於秋胡之典故，可參考本文第二章第二節的論述。

45 張正見〈豔歌行〉：「城隅上朝日，斜暉照杏梁。並卷茱萸帳，爭移翡翠床。縈鬟聊向牖，拂鏡且調妝。裁金作小靥，散麝起微黃。二八秦樓婦，三十侍中郎。執戟超丹地，豐貂入建章。未安文史閣，獨結少年場。彎弧貫葉影，學劍動星芒。翠蓋飛城曲，金鞍橫道傍。調鷹向新市，彈雀往睢陽。行行稍有極，暮暮歸蘭房。前瞻富羅綺，左顧足駕鴦。蓮舒千葉氣，燈吐百枝光。滿酌胡姬酒，多燒荀令香。不學幽閨妾，生離怨采桑。」

　　對於重視博物隸事的南朝文人來說，[46]絕對非常熟悉〈陌上桑〉原有的內容及涵義，但在三人的樂府詩中，卻全以新義展現，不去使用「羅敷」之典故，這種以題義起頭而展開全新敘事的寫法，充分展現出文人寫詩的能力與技巧，不僅為樂府詩的寫作方式開出了新的方向，也更加突出了寫詩的技藝性層面。

（四）南朝邊塞詩

　　南朝邊塞詩的盛行，亦是一個能夠說明南朝文人樂府詩，具有遊戲性及技藝性的例子。關於南朝邊塞詩的成因，目前學界大致有下列幾種說法：

　　一、劉漢初先生「以文為戲說」。

　　二、閻采平「北朝樂府影響說」。

　　三、王文進先生「心靈圖像說」。

　　四、田曉菲「文化他者說」幾種類型。

　　五、祁立峰「角色扮演」（「擬代」）與「遊戲」。[47]

上述這幾種說法，皆有其道理，亦可自成一家之言，但若從創作的文人背景、文學集團的發展，以及實際的作品來判斷南朝邊塞詩的成

46　黃侃《文心雕龍札記・事類第三十八》云：「逮及漢魏以下，文士撰述，必本舊言，始則資於訓詁，繼而引錄成言。終則綜輯故事。爰至齊梁，而後聲律對偶之文大興，用事采言，尤關能事。其甚者，捃拾細事，爭疏僻典，以一事不知為恥，以字有來歷為高。」頁184-185。

47　劉漢初：〈梁朝邊塞詩小論〉，收入《魏晉南北朝文學論集》（臺北：文史哲出版社，1994年12月）；閻采平：〈梁陳邊塞樂府論〉，《文學遺產》1988年第6期（1988年）；王文進：《南朝邊塞詩新論》（臺北：里仁書局，2000年2月）和《南朝山水與長城想像》（臺北：里仁書局，2008年6月）二書；田曉菲《烽火與流星——蕭梁王朝的文學與文化》（新竹：清華大學出版社，2009年10月）；祁立峰〈經驗匱乏者的遊戲——再探南朝邊塞詩的成因〉，《漢學研究》第29卷第1期（2011年3月），此篇論文後經修改，收入其《遊戲與遊戲之外——南朝文學題材新論》（臺北：政大出版社，2015年6月）。

因──尤其是使用樂府古題時，則遊戲娛樂以及技藝性質的可能性，
恐怕較高。據《周書‧王褒傳》的記載：

> （王）褒曾作〈燕歌行〉，妙盡關塞寒苦之狀，元帝及諸文士
> 竝和之，而競為淒切之詞。[48]

王褒（約513-576）寫〈燕歌行〉時，尚未被擄至西魏，因此，所謂
「關塞寒苦之狀」，應該只是一種想像之情景，才有所謂的詩讖之
說。[49]再從蕭繹與眾文人爭相撰寫，意欲一較高下來看，則當時寫作
邊塞樂府詩的重點，不在於寫作者有沒有去過邊塞，體驗過邊塞生
活，甚至參與邊塞的戰爭，而是誰的詩作能夠超越王褒之詩，最能道
出邊塞淒切之苦即可，無論詩中呈現的是真實的體驗還是虛構的想
像。這是一場遊戲競賽，在文學集團的遊宴場合中，做為娛樂之用。
　　此外，郭茂倩《樂府詩集》記載：

> 《樂府解題》曰：「晉樂奏魏文帝『秋風』『別日』二曲，言時
> 序遷換，行役不歸，婦人怨曠無所訴也。」《廣題》曰：「燕，
> 地名也，言良人從役於燕，而為此曲。」[50]

可見〈燕歌行〉本是以女子的角度，描寫丈夫「從役於燕」時，心中
的苦怨。因此，蕭繹等人所寫之樂府詩，也是以女子的視角出發，一

48　〔唐〕令狐德棻等：《周書‧王褒傳》（北京：中華書局，1997年11月），頁190。
49　〔唐〕李延壽等：《北史‧文苑傳》：「及魏征江陵……元帝出降，褒送與眾俱
　　出……褒曾作〈燕歌〉，妙盡塞北寒苦之狀，元帝及諸文士並和之，而競為悽切之
　　辭，至此方驗焉。褒與王克、劉轂、宗懍、殷不害等數十人俱至長安。」（北京：
　　中華書局，1997年11月），頁721。
50　〔宋〕郭茂倩：《樂府詩集》，頁469。

樣寫出「時序遷換，行役不歸，婦人怨曠無所訴」，只是將「燕」的涵義擴大為整個邊塞地區，基本上符合題義，命題下的共作型態，已十分明顯。

南朝的邊塞詩，大多使用樂府古題，劉漢初先生認為：

> （梁人）據樂府舊題作詩，甚至以詩為戲，或者是梁人的習氣，他們所用的本題，如〈白馬篇〉、〈飲馬長城窟〉、〈從軍行〉、〈隴頭水〉、〈關山月〉、〈入塞〉、〈出塞〉等等，根據題名和本辭，本易引起邊塞的聯想，且自鮑照以後，語涉邊塞似已漸漸成為文人習性，而鮑照以邊塞題材為文字遊戲的態度，可能也產生一些影響。[51]

錢志熙同樣也是從這個角度切入而認為：

> 按照齊梁人的趣味來看，橫吹諸曲的曲名是一些很美麗的文字，並且內容上提示性強。如〈隴頭〉、〈出關〉、〈入關〉、〈出塞〉、〈入塞〉、〈折楊柳〉、〈關山月〉等曲，一望便知是有關邊塞征行、關山贈別等主題的樂曲。按照擬賦古題的作法，這批作品自然就成了描述征夫思婦之事的邊塞詩。可見邊塞詩在齊梁間興起，完全是擬樂府詩賦題法的產物，而沒有更多的現實原因。[52]

所以南朝邊塞詩的形成和興盛，與此時期文人撰寫樂府詩，多緊扣住題目表面之義的方法，有著很深的關係──一方面透過透過大量的邊

---

51 劉漢初：〈梁朝邊塞詩小論〉，頁81。
52 錢志熙：〈齊梁擬樂府詩賦題法初探──兼論樂府詩寫作方法之流變〉，頁63。

塞故實，展現自己的學識能力與寫詩技巧；一方面又以此為遊戲娛樂，在朋友或文學集團中，增進彼此的情誼。

　　另外，沈凡玉提出文學集團在同題共作時，有時會出現一種「針對同題前作的刻意反詰」的情形，並舉出沈君攸與朱超的〈採蓮曲〉為例。認為朱超末聯「湖裏人無限，何日滿船時」，是針對沈君攸末聯「還船不畏滿，歸路詎無賒」而發：

> 就個別文本來看來，朱超末聯固然也可以總結前文，具有完整的詩意，但若與集團成員同題之作並列，則隱然可見，這樣的結句可能是戲謔其他詩人先成之作的話語。[53]

此說亦可佐證南朝文人在撰寫樂府詩時，除了可以透過緊扣樂府詩題，以展現技巧之外，還能同時以樂府詩作為遊戲之用。

二　以部分新詞嵌入樂府詩的創作方式

　　除了「依樂府古題題義的創作方式」外，另一種南朝文人樂府詩所展現遊戲性與技藝性的型態，即是使用造句填空的方式，將部分新詞嵌入樂府詩中。底下試舉幾例討論。

（一）〈三婦豔〉

　　〈三婦豔〉起源自漢樂府〈相逢行〉以及〈長安有狹斜行〉，因為在這兩首漢樂府詩的末段，皆為「大婦織綺羅（紵），中婦織流黃。小婦無所為，挾瑟（琴）上高堂。丈人（夫）且安坐，調絲

---

53 沈凡玉：《六朝同題詩歌研究》（臺北：國立臺灣大學出版中心，2015年11月），頁469。。

（絃）方（詎）未央」的句型，與後來〈三婦豔〉的句型接近。[54]
《顏氏家訓集解・書證》注引盧文弨曰：

> 宋南平王鑠，始仿樂府之後六句作〈三婦豔〉詩，猶未甚猥褻
> 也。[55]

可見是劉宋的劉鑠（431-453）將漢樂府詩中的最後六句獨立出來，
然後在部分字句上重新撰寫而成的新樂府詩：

> 大婦裁霧縠，中婦牒冰練。小婦端清景，含歌登玉殿。
> 丈人且徘徊，臨風傷流霰。

與〈相逢行〉以及〈長安有狹斜行〉末六句相比，維持不變的部分
是：第一句的「大婦」、第二句的「中婦」、第三句的「小婦」，以及
第五句的「丈人」，其餘部分皆替換為新的字詞，成為〈三婦豔〉的
基本句型。此後〈三婦豔〉的寫法，皆循此寫作模式，只是在字詞上
作更動。

---

54 〈相逢行〉：「相逢狹路間，道隘不容車。不知何年少，夾轂問君家。君家誠易知，
易知復難忘。黃金為君門，白玉為君堂。堂上置樽酒，作使邯鄲倡。中庭生桂樹，
華燈何煌煌。兄弟兩三人，中子為侍郎。五日一來歸，道上自生光。黃金絡馬頭，
觀者盈道傍。入門時左顧，但見雙鴛鴦。鴛鴦七十二，羅列自成行。音聲何嘈嘈，
鶴鳴東西廂。大婦織綺羅，中婦織流黃。小婦無所為，挾瑟上高堂。丈人且安坐，
調絲方未央。」
〈長安有狹斜行〉：「長安有狹斜，狹斜不容車。適逢兩少年，挾轂問君家。君家新
市傍，易知復難忘。大子二千石，中子孝廉郎。小子無官職，衣冠仕洛陽。三子俱
入室，室中自生光。大婦織綺紵，中婦織流黃。小婦無所為，挾琴上高堂。丈夫且
徐徐，調絃詎未央。」
55 〔北齊〕顏之推撰、王利器注：《顏氏家訓集解（增補本）》（北京：中華書局，
2011年4月），頁479。

　　到了梁、陳二朝，撰寫〈三婦豔〉的文人增加許多，寫作句式與整體情境也產生了變化。其中，最關鍵之處，即在於第五句的前兩字，由「丈人」置換成其他人稱，例如：

　　　　大婦拂玉匣，中婦結羅帷。小婦獨無事，對鏡畫蛾眉。
　　　　良人且安臥，夜長方自私。（沈約）

　　　　大婦舞輕巾，中婦拂華茵。小婦獨無事，紅黛潤芳津。
　　　　良人且高臥，方欲薦梁塵。（蕭統）

　　　　大婦上高樓，中婦蕩蓮舟。小婦獨無事，撥帳掩嬌羞。
　　　　丈夫應自解，更深難道留。（陳叔寶）

　　　　大婦織殘絲，中婦妒蛾眉。小婦獨無事，歌罷詠新詩。
　　　　上客何須起，為待絕纓時。（張正見）

漢樂府原本的「丈人」之義，即指三婦的「舅姑」，但梁、陳二朝的文人卻多半改成「良人」、「丈夫」。如此，則三婦之間的關係，從妯娌變成同事一夫的妻妾；詩的內容也變成「良人且安臥，夜長方自私」、「丈夫應自解，更深難道留」，轉以閨中之情為主；對於「三婦」的描述，也從紡織等女工之事，變成「拂玉匣」、「結羅帷」、「舞輕巾」、「拂華茵」、「上高樓」、「蕩蓮舟」等各式展現女子姿態的行為；更特別的是，小婦的部分幾乎全轉為描述其容顏與神態部分（「對鏡畫蛾眉」、「紅黛潤芳津」、「撥帳掩嬌羞」），小婦成了整首樂府詩中的主角，並下啟末聯兩句之義。在上述作品中，以張正見使用「上客」一詞，最為特殊。這使得原本的「家務事」，擴及到了外人

的眼光。沈凡玉更是認為「『上客』的存在與觀看，更徹底顛覆禮教之防，使三婦的身份更為曖昧，離家庭中『賢媳』的角色更遠，而近於伎妾」。[56]此說雖有些極端，但三婦關係的改變，卻是不爭的事實。面對梁、陳二朝文人在寫作〈三婦豔〉上的轉變，顏之推（531-591）曾極力批評：

> 古樂府歌詞，先述三子，次及三婦，婦是對舅姑之稱。其末章云：「丈人且安坐，調絃未遽央。」古者，子婦供事舅姑，旦夕在側，與兒女無異，故有此言。丈人亦長老之目，今世俗猶呼其祖考為先亡丈人。又疑「丈」當作「大」，北間風俗，婦呼舅為大人公。「丈」之與「大」，易為誤耳。近代文士，頗作〈三婦詩〉，乃為匹嫡並耦己之群妻之意，又加鄭、衛之辭，大雅君子，何其謬乎？（《顏氏家訓·書證》）[57]

顏之推的說法雖有語言考證的依據，但他忽略了南朝的文人樂府詩，已經成為展現個人才氣的遊戲之作。梁、陳二代的文人並非不懂「丈人」一詞的原義，這從劉孝綽（481-539）、王筠（481-549）等人的〈三婦豔〉仍使用「丈人」一詞，約略可知，[58]只是因為遊戲之作本就不需顧及原義，只要能遵循既定的遊戲規則，在固定詞彙後，嵌入新詞並形成一完整意義即可。這就像是做造句練習一樣，既可藉以鍛鍊寫詩的技巧，也能展現個人才氣。

---

56 沈凡玉：《六朝同題詩歌研究》，頁213-214。

57 〔北齊〕顏之推撰、王利器注：《顏氏家訓集解（增補本）》，頁476-477。

58 劉孝綽〈三婦豔〉：「大婦縫羅裙，中婦料繡文。唯餘最小婦，窈窕舞昭君。丈人慎勿去，聽我駐浮雲。」王筠〈三婦豔〉：「大婦留芳褥，中婦對華燭。小婦獨無事，當軒理清曲。丈人且安臥，豔歌方斷續。」

這種發展趨向，在陳後主陳叔寶（553-604）所寫的十一首〈三婦豔詩〉中，愈加明顯。不僅非常細膩的描繪小婦嬌柔嫵媚的神情與姿態，也在格式上作了些改變，使小婦主角的地位更加明確，舉其中幾首作品來看：

> 大婦避秋風，中婦夜床空。小婦初兩髻，含嬌新臉紅。
> 得意非霄日，可憐那可同。

> 大婦西北樓，中婦南陌頭。小婦初妝點，回眉對月鉤。
> 可憐還自覺，人看反更羞。

> 大婦怨空閨，中婦夜偷啼。小婦獨含笑，正柱作烏棲。
> 河低帳未掩，夜夜畫眉齊。

> 大婦年十五，中婦當春戶。小婦正橫陳，含嬌情未吐。
> 所愁曉漏促，不恨燈銷炷。

這幾首作品，都透過大婦、中婦的冷落失寵，以突顯小婦的地位。尤其大膽而露骨的寫出男女床第之事，相較前人之作，完全寫出了「豔」之義。也難怪盧文弨（1717-1796）云：

> 至陳後主乃有十一首之多，如「小婦正橫陳，含嬌情未吐」等句，正顏氏所謂鄭、衛之辭也。張正見亦然，皆大失本指。[59]

---

59 〔北齊〕顏之推撰、王利器注：《顏氏家訓集解（增補本）》，頁479。

（二）〈中婦織流黃〉

　　〈中婦織流黃〉雖然亦可追溯至漢樂府〈相逢行〉以及〈長安有狹斜行〉中的「中婦織流黃」一句，但從第一首撰寫者為梁簡文帝蕭綱（503-551）來看，則此樂府詩應是南朝文人開始撰寫〈三婦豔〉後，再摘出此句以為新的樂府詩題。王融〈三婦豔詩〉仍有「中婦織流黃」之句，可見一斑。[60]既然此題是由〈三婦豔〉摘句而出，而梁代〈三婦豔〉所描述的中婦，已多為落寞之態，因此，〈中婦織流黃〉的內容，除了扣著「織流黃」之題外，也由此處著筆，寫出婦人編織時的孤寂冷清。試看蕭綱與徐陵（507-583）之作品，便可理解：

> 翻花滿階砌，愁人獨上機。浮雲西北起，孔雀東南飛。
> 調絲時繞腕，易鑷乍牽衣。鳴梭逐動釧，紅妝映落暉。
> （蕭綱）

> 落花還井上，春機當戶前。帶衫行障口，覓釧枕檀邊。
> 數鑷經無亂，新漿緯易牽。蜘蛛夜伴織，百舌曉驚眠。
> 封用黎陽土，書因計吏船。欲知夫婿處，今督水衡錢。
> （徐陵）

兩首樂府詩雖然字數不一，但都寫出了婦人獨織時，對於離家丈夫的思念。

　　從〈相逢行〉、〈長安有狹斜行〉演變為〈三婦豔〉，再從〈三婦豔〉演變為〈中婦織流黃〉，可以看出南朝文人對於這種具備遊戲性與技藝性的創作方式，樂此不疲，而且不斷推陳出新。

---

60 王融〈三婦豔詩〉：「大婦織綺羅，中婦織流黃。小婦獨無事，挾瑟上高堂。丈夫且安坐，調弦詎未央。」

（三）〈自君之出矣〉

除了〈三婦豔〉和〈中婦織流黃〉外，〈自君之出矣〉亦是此類型的典型例子。郭茂倩《樂府詩集》認為出自於徐幹（171-218）的〈室思詩〉：

> 漢徐幹有〈室思詩〉五章，其第三章曰：「自君之出矣，明鏡暗不治。思君如流水，無有窮已時。」〈自君之出矣〉，蓋起於此。[61]

比對現存最早的〔宋〕孝武帝劉駿（430-464）的作品，[62]則變更不動的是第一句的「自君之出矣」，以及第三句的「思君如」，句型多為四句一首，之後文人寫作此題，大致與此相同。若與前面所論的〈三婦豔〉相比，〈自君之出矣〉就像是一種簡易版的寫作練習。因為第一句與第三句有著不能更動的字詞，已經固定了寫作方向：必須寫出對方離開之後，所產生的悲傷情緒。第二句及第四句再順著前句之義寫出，[63]文人的思緒被限制，能發揮的空間不多，幾近於命題下的引導

61　〔宋〕郭茂倩：《樂府詩集》，頁987。郭茂倩雖云〈室思詩〉有五章，但其實應有六章。逯欽立〈室思詩〉題下注：「六章。《廣文》選於前五章作〈雜詩〉五首，後一章做〈室思〉。《詩紀》於後一章做〈室思〉，前二章作〈雜詩〉，於三、四、五章又作〈室思〉。」參見《先秦漢魏晉南北朝詩》，頁376。何文匯則認為：「六章氣脈相乘，自是一首，實不應有〈雜詩〉及〈室思〉之分。」參見氏著：《雜體詩釋例》（香港：中文大學出版社，1991年），頁141。

62　劉駿：「自君之出矣，金翠闇無精。思君如日月，回還畫夜生。」然此詩與許瑤之〈擬自君之出矣〉所差無幾，僅最後一句「回還」改為「迴環」，不知是否為同一首作品。

63　鮑令暉〈題書後寄行人詩〉以及虞羲〈自君之出矣〉二首，雖然首句亦為「自君之出矣」，但並非四句之詩，第三句也不是「思君如○○」的句型，所以本文不列入討論。

寫作。以幾首南朝文人的作品為例：

> 自君之出矣，芳帷低不舉。思君如回雪，流亂無端緒。
> （顏師伯）

> 自君之出矣，笥錦廢不開。思君如清風，曉夜常徘徊。
> （劉義恭）

> 自君之出矣，芳蕈絕瑤厄。思君如形影，寢興未曾離。
> 自君之出矣，金爐香不燃。思君如明燭，中宵空自煎。
> （王融〈奉和代徐詩〉二首）

> 自君之出矣，羅帳咽秋風。思君如蔓草，連延不可窮。
> （范雲）

> 自君之出矣，霜暉當夜明。思君若風影，來去不曾停。
> 自君之出矣，綠草遍堦生。思君如夜燭，垂淚著雞鳴。
> 自君之出矣，愁顏難復覯。思君如蘗條，夜夜只交苦。
> （陳叔寶）

> 自君之出矣，紅顏轉憔悴。思君如明燭，煎心且銜淚。
> （賈馮吉）

從這些作品中，可以很明顯的看出，文人寫作的相似性。第二句大多
平鋪直敘的描繪女子閨房的內外之景，或女子的神情，藉以表現離別
之悲苦；第三句因涉及譬喻，使用的詞句性質較容易重複，但整首詩

是否令人驚喜，關鍵處即在於此，因為其意義會延續至在第四句，經由文人的想像力，刻意轉化、聯結使用字詞之性質，強烈表現出前兩句所表達的離思。如用雪，則以雪之飄零比喻紛亂之相思；如用風，則以風之徘徊比喻不定之情緒；如用草，則以春草之蔓延比喻愁思之無盡；如用燭，則以蠟淚比喻哭泣，以燭之燃燒比喻內心之煎熬。陳後主使用「蘗條」一詞，較為特殊。蘗即黃蘗，具苦味，即以其苦味來比喻相思之苦，詩意雖淺，但頗有巧思。

相較其他這類型的樂府詩，〈自君之出矣〉更接近於初學者的填空練習或遊戲。而文人遵守創作格式之要求，就像遵守遊戲規則般，然後在這些規則之下，寫出令人驚嘆的作品，展露出自己的才氣。

第三節　小結

一　樂府詩中的娛樂性與側重文字的發展趨勢

一般談論漢樂府詩，常常以其「感於哀樂，緣事而發」的性質為主，細考漢樂府詩，民間的說唱者以生動的故事再現社會生活中的種種畫面，引起聽眾的共鳴與興趣；文人階層則是受上位者的態度與貴遊之風影響，受命創作祭祀宗廟、宴饗賓客之作，透過伶工於遊宴時的演出以為娛樂之用。故無論是對民間或朝廷而言，「娛樂性」都是當時的主流創作目的，而將社會現實、倫理價值，包含在娛樂當中。

樂府詩發展到了漢末魏晉之後，娛樂性依舊存在，但由於音樂曲調逐漸失傳，以及樂府並未形成強力的文化傳統，而使文人寫作樂府詩逐漸抽離音樂性，表現形式從文字修辭、音樂曲調並重，朝向側重文字部分發展；而娛樂的對象，則由庶民與帝王，轉為文人自身。同時也因文學技藝性的強化，使樂府詩的娛樂型態逐漸偏向菁英的文人階層。

　　到了南朝時期，由於文學集團興起，帶動以文學作品交遊、自娛娛人的風潮，表現在樂府詩的創作上，便是「為作樂府而作樂府」（羅根澤語），娛樂的主體已由音樂藝術轉換為文字技巧，以雕琢字句、追求華麗的形式結構，形成一種全新的樂府詩。

二　南朝樂府詩在遊戲性與技藝性的展現

　　樂府詩發展至文學集團最為興盛的南朝時，文人樂府詩在數量上來到顛峰，而其中較常見的兩種創作方式有「依樂府古題題義的創作方式」、「以部分新詞嵌入樂府詩的創作方式」兩種。據以探討南朝樂府詩在文字上所開展出的遊戲性與技藝性，可得到以下結論：

　　（一）依樂府古題題義的創作方式，是將漢樂府原本的題目視為題材，作品則圍繞此題目而寫，乃類似命題作文的撰寫方式。

　　（二）以部分新詞嵌入樂府詩的創作方式，這是使用造句填空的方式，將部分新詞嵌入樂府詩中。

　　由上可知，這些創作方式無論是形式或內容，都與漢樂府詩的呈現型態有相當的差異，但從遊戲性與技藝性的角度觀之，南朝文人確實透過文字的創作，走出屬於南朝文人樂府的獨特性。

第五章
結論

　　目前學界多以「情志寄託」的角度詮釋詩作，並據此評價作品優劣的。故對那些未必有明確言志性質的詩歌作品而言，其價值與意義便不易得到客觀的理解。著眼於此，本書以六朝時期的擬作詩、代言詩、應制詩，以及與南朝的文人樂府詩等類型，作為討論對象，希望能藉此突顯六朝詩的多元價值。

一　擬作詩

　　所謂擬作詩，是以摹擬個別作家、作品所呈現的整體風格，並力求其神似之詩作。由於擬作詩本不以創作主體的情志為主導，因此若以情志批評的角度觀之，評價自然不高；但細審擬作詩的寫作特色，可發現「擬作」為「客觀規範性」極強的一種文類，故若由此角度審視擬作詩的成就高低，則能得到較公允的評價。

　　所謂的「客觀規範性」是指：當某種文類在大量創作後，逐漸形塑出固定的風格樣式；當後世文人以此風格樣式作為規範，進行類型化的寫作時，這些規範便成為客觀化的寫作準則。故若能以「客觀規範性」的角度來詮釋擬作詩，便能避免以情志寄託作為詮釋時，評論者常受限於必須討論「作者在寫擬作詩時，可能藉機寄託了自身之情志或評論」的觀點，但苦於無確切證據的窘迫。此外，由於每一位擬作者的性情及觀察角度不盡相同，即使擬作詩必須遵循文體的「客觀規範性」，以達到貼近原作的目標，但作品其實各自隱含了擬作者如

何看待、觀察原作的角度,故擬作詩乃是在企圖接近原作的文字下,隱藏了不同擬作者的創造性。因此,由文體論的角度來討論擬作詩的價值與意義,能夠給予這些作品更公允的評價,且更能夠貼近當時詩人創作動機的途徑。

二　代言詩

　　所謂的代言詩,就是代人立言的詩作。顧名思義,即作者將自己轉化為所代言的對象,在情感、語氣、用詞上均要符合其習性與風格。正由於代言詩的寫作立場,並非以創作者的自我生命為主軸,故若以情志寄託的角度來看,並沒有太多可詮釋的空間。然而,若超脫抒情言志的角度,改從代言體寫作的背景探討,不難發現在代言詩作中遊戲與逞才的色彩相當濃厚,故當從文學所具有的遊戲性、技藝性探討書寫者在寫詩上的能力與技藝,代言詩的詮釋更能展現其獨特的意義與價值。

　　代言詩的上乘之作,便是能夠讓讀者「信以為真」,認為此作即是出自於所代對象之手;或即使是清楚為代言詩的情形下,認為此作即使掛上代言對象之名,亦不為過。故作者一旦選擇了代言體寫詩,就應該遵循代言詩的基本要求──主從間的分際,必須清楚而不容混淆。在此背景之下,若依然採取傳統情志寄託的觀點,即便作品在題目上已明白標舉為代言之作,詮釋者仍苦苦追尋作者本意、過度注重書寫者的生平背景時,便會產生一個關鍵的問題──詮釋出來的情志寄託,究竟是歸屬於作者本人?還是所代之人?若是情志寄託屬於作者,那麼此詩就不符合代人立言的規範,因為詩中所展現的情志與所代之人無關;若是屬於所代之人的情感,那麼所呈現的情志又與作者無關,以書寫者的情志寄託來尋求詩之價值與意義的方式,便是明顯

的謬誤了。即便認為確有作者假借代言他人以書自己心中塊壘，評論者在尋求作者之寄託時，亦不能只憑外緣的作者生平與社會背景就逕自詮釋，必須要有相當充分的證據才能斷定，否則推論將淪於臆測，而顯得薄弱且缺乏說服力。

　　文學之道並不只是抒情言志一途。內在情志寄託的詮釋固然重要，但外顯的文采修辭、社會功能，也可以是詩的價值與意義所在。由不同的批評觀點來解讀，詩作便會產生不同的意義與價值，是以若從文學所具有的遊戲性、技藝性來探究代言詩，代言詩的詮釋就可以有更寬廣及特殊的地位，並能由此得窺六朝文人對於詩本質與功能的另一種觀點。

三　應制詩

　　關於應制詩的必要條件有二：第一為詩人接受命令所完成之詩作；第二則必須是承皇帝（應詔）、太子（應令）或諸王（應教）之命所寫。二者缺一不可。曹魏時期的應制詩與政治起落休戚相關，南朝時期則因以皇室成員為領袖的文學集團興起，帶動應制詩的高度發展。六朝應制詩是一種「詩用社會文化」，文人將詩作為文化資本，由應制之政治社交來交換權位，是以奉承帝王自然是最快且最適當的方式──文人藉以在帝王面前展現自身才能，並透過揣摩在上位者的喜好，以獲取更高、更優渥的獎賞或地位的工具。故以「冠裳珮玉」、「典實富艷」的文字，作為自己在爭取政治權勢時的籌碼，本為應制詩的本質。於此背景下，在抒情言志的批評傳統中評價自然不高，雖然若以情志詮釋應制詩作，其意義與價值實是乏善可陳。但藉由應制詩的寫作盛衰與類型，可對於文學與政治文化的關連有更深入的認識。

　　就題材與內容來說，觀察應制詩從曹魏至晉，乃至於南朝的發展，可知：既是「應制」的承命之作，為求博君賞識、仕途亨通，迎合上意的作品本是應制詩的主流，作阿諛奉承之語實是其常態。至西晉時，除了歌功頌德之作，亦有遊宴時的歡愉、餞別時的離情，甚至可見諷刺言志一類的作品，足見應制詩創作題材的拓展。到南朝時期，由於帝王身兼文學集團的領袖，應制詩也因此成為文人與皇室互蒙其利的工具──皇室透過賞賜之舉，加強了皇權的威勢；而文人則可藉此獲得皇室的厚愛賞識，以提升文壇與政治上的地位。而當以皇室為核心的文學集團愈興盛時，應制活動亦開始由單向歌功頌德轉變為雙向的互動，於是帶動了結合娛樂、競技的遊戲之作，開展出具唱和、遊戲等娛樂競技的性質。

　　就發展歷程而言，在魏晉時期，應制詩的興衰與政治起落休戚相關。曹魏時，在內憂外患之下，應制詩數量極少。僅魏少帝曹髦一朝偶有應制詩寫作的紀錄。西晉時期，應制詩除了有帝王所令寫的應詔詩外，由太子所令寫的應令詩，以及由諸王所令寫的應教詩，均有不少作品流傳。這代表皇室可能開始注意應制活動的效益，將之視為展現政治權力的儀式，並透過對臣子的賞賜，刻意展現自己對於內容、風格的偏好，藉以鞏固皇權；而臣子也能透過寫作詩歌，來換取政治、財物或名聲上的利益。故應制詩逐漸固定為以皇室喜好為主的寫作模式與風格。但在晉武帝司馬炎及晉惠帝司馬衷二朝時出現高峰後，應制詩又因政局動盪而迅速的衰微，尤其是東晉時期，由於政治紛擾、皇權不穩的情況下，關於應制詩的作品及相關記載又趨匿跡。

　　進入南朝後，應制詩寫作有了全新的局面。受到以皇室成員為領袖的文學集團興起，促成應制詩的高度發展。當文學集團是以皇室為核心進行活動時，由集團主人所下令撰寫的作品，無論其動機為何，都可視為應制之作。故相較於魏晉時期，南朝應制詩不僅在創作機會

上增加許多，而且寫作場合也不受限制，更重要的是，帝王本身的參與度更高，不僅下詔群臣賦詩，還與臣子共作；而應制詩的題材與內容出現更多的變化，如郡縣名、藥名等均曾入題應制（〔南齊〕竟陵王蕭子良文學集團），以及奉和樂府詩句型之作等，都呈現出不同於諂諛之詞的遊戲娛樂性質；以及結合了思維、想像與遊戲性的作品（梁朝的太子蕭統亦曾率領文人展開以〈大言〉和〈細言〉為題的系列作品）；甚至君臣「從夕達旦」的舉行應制活動（如陳後主），可說是將應制詩徹底與日常的休閒娛樂結合。

四　文人樂府

　　樂府詩發展至文學集團最為興盛的南朝時，文人樂府詩在數量上來到顛峰，若以在文字上所開展出的遊戲性與技藝性而言，其中較常見的創作方式有兩種：其一是依樂府古題題義的創作方式，這是將漢樂府原本的題目視為題材，作品則圍繞此題目而寫，乃類似命題作文的撰寫方式；其二為以部分新詞嵌入樂府詩的創作方式，這是使用造句填空的方式，將部分新詞嵌入樂府詩中。故就創作的方式而言，南朝時期的文人樂府亦屬不容易採情志批評來詮釋的作品類型。

　　一般談論漢樂府詩，常常以其「感於哀樂，緣事而發」的性質為主，然細審其創作背景，則無論是民間的說唱者以生動的故事再現社會生活中的種種畫面，引起聽眾的共鳴與興趣；抑或是文人階層受上位者的態度與貴遊之風影響，奉命創作祭祀宗廟、宴饗賓客之作，以透過伶工於遊宴時的演出以為娛樂之用，其實無論是對民間或朝廷而言，「娛樂性」都是當時的主流創作目的，而將社會現實、倫理價值，包含在娛樂當中。

　　樂府詩發展到了漢末魏晉之後，其娛樂性依舊存在，但由於音樂

曲調逐漸失傳，以及樂府並未形成強力的文化傳統，而使文人寫作樂府詩逐漸抽離音樂性，表現形式從文字修辭、音樂曲調並重，朝向側重文字部分發展；而娛樂的對象，則由庶民與帝王，轉為文人自身。同時也因文學技藝性的強化，使樂府詩的娛樂型態逐漸偏向菁英的文人階層。

到了南朝時期，由於文學集團興起，帶動以文學作品交遊、自娛娛人的風潮，表現在樂府詩的創作上，娛樂的主體也由音樂藝術轉換為文字技巧，以雕琢字句、追求華麗的形式結構，形成一種全新的樂府詩。

這些創作方式無論是形式或內容，都與漢樂府詩的呈現型態有相當的差異，但從遊戲性與技藝性的角度觀之，南朝文人確實透過文字的創作，走出屬於南朝文人樂府的獨特性。

徵引文獻

一　古籍文獻（依時代排序）

〔漢〕劉向著、黃清泉注譯　《新譯列女傳》　臺北　三民書局
　　　　　　1996年。

〔漢〕班　固　《漢書》　北京　中華書局　1997年。

〔晉〕陳　壽　《三國志》　北京　中華書局　1997年。

〔南朝宋〕范　曄　《後漢書》　北京　中華書局　1997年。

〔南朝宋〕劉義慶撰、〔南朝梁〕劉孝標注　《世說新語》　北京
　　　　　　中華書局　1999年。

〔南朝宋〕劉義慶撰、徐震堮校箋　《世說新語校箋》　北京　中華
　　　　　　書局　2001年。

〔南朝梁〕沈　約　《宋書》　北京　中華書局　1997年。

〔南朝梁〕蕭子顯　《南齊書》　北京　中華書局　1997年。

〔南朝梁〕劉勰著、周振甫注　《文心雕龍注釋》　臺北　里仁書局
　　　　　　1998年。

〔南朝梁〕鍾嶸著、王叔岷箋證　《鍾嶸詩品箋證稿》　臺北　中央
　　　　　　研究院中國文哲研究所　1992年。

〔南朝梁〕昭明太子編、六臣注　《宋本六臣註文選》　臺北　廣文
　　　　　　書局　1972年。

〔南朝梁〕蕭統編、〔唐〕李善注　《文選》　臺北　五南圖書出版
　　　　　　有限公司　1999年。

〔南朝陳〕徐陵編、〔清〕吳兆宜注、〔清〕程琰刪補、穆克宏點校
　　　　《玉臺新詠》　北京　中華書局　1999年。

〔北齊〕顏之推撰、王利器注　《顏氏家訓集解（增補本）》　北京
　　　　中華書局　2011年。

〔唐〕李延壽　《南史》　北京　中華書局　1997年。

〔唐〕杜　佑　《通典》　臺北　臺灣商務印書館　1987年。

〔唐〕姚思廉　《梁書》　北京　中華書局　1997年。

〔唐〕姚思廉　《陳書》　北京　中華書局　1997年。

〔唐〕房玄齡等　《晉書》　北京　中華書局　1997年。

〔唐〕令狐德棻等　《周書》　北京　中華書局　1997年。

〔唐〕魏　徵等　《隋書》　北京　中華書局　1997年。

〔唐〕李延壽等　《北史》　北京　中華書局　1997年。

〔唐〕歐陽詢撰、汪紹楹校　《藝文類聚》　上海　上海古籍出版社
　　　　2007年。

〔唐〕徐堅等編　《初學記》（古香齋初學記　孔氏三十有三萬卷堂
　　　　藏版）

〔唐〕吳　兢　《樂府古題要解》。收入〔清〕丁仲祐編　《續歷代
　　　　詩話》　臺北　藝文印書館　1983年。

〔唐〕王維著、〔清〕趙殿成箋注　《王右丞箋注》　上海　上海古
　　　　籍出版社　2014年。

〔宋〕郭茂倩　《樂府詩集》　臺北　里仁書局　1999年。

〔宋〕吳　聿　《觀林詩話》　收入丁福保編　《歷代詩話續編》
　　　　臺北　藝文印書館　1983年。

〔宋〕李　昉　《太平御覽》　臺北　商務印書館　1974年。

〔宋〕朱　熹　《四書章句集注》　臺北　大安出版社　1996年。

〔宋〕嚴羽著、郭紹虞校釋　《滄浪詩話校釋》　臺北　里仁書局
　　　　1987年。

〔宋〕章樵注 《古文苑》 臺北 鼎文書局 1973年。

〔宋〕葛立方 《韻語陽秋》 收入〔清〕永瑢、紀昀等編 《景印文淵閣四庫全書》 臺北 商務印書館 1986年。

〔明〕安 磐 《頤山詩話》 收入〔清〕永瑢、紀昀等編 《景印文淵閣四庫全書》 臺北 商務印書館 1986年。

〔明〕楊 慎 《升庵詩話》 收入於丁仲祜 《續歷代詩話》 臺北 藝文印書館 1983年。

〔明〕許學夷 《詩源辨體》 收入吳文治主編 《明詩話全編·第六冊》 南京 江蘇古籍出版社 1997年。

〔明〕胡應麟 《詩藪》 臺北 廣文書局 1973年。

〔明〕謝 榛 《四溟詩話》 北京 人民文學出版社 2001年。

〔清〕郭慶藩 《莊子集釋》 臺北 天工書局 1989年。

〔清〕嚴可均 《全上古三代秦漢三國六朝文》 北京 中華書局 2009年。

〔清〕賀貽孫 《詩筏》 收入郭紹虞 《清詩話續編》 臺北 藝文印書館 1985年。

〔清〕吳景旭 《歷代詩話》 臺北 世界書局 1961年。

〔清〕張 潮 《幽夢影》 臺北 文津出版社 1991年。

〔清〕薛雪著、杜維沫校注 《一瓢詩話》 北京 人民文學出版社 1998年。

〔清〕趙 翼 《陔餘叢考》 京都 中文出版社 1979年。

〔清〕趙 翼 《二十二史劄記》 臺北 世界書局 2001年。

〔清〕何文煥 《歷代詩話》 臺北 藝文印書館 1991年。

〔清〕翁方綱著、陳邇冬校點 《石洲詩話》 北京 人民文學出版社 2001年。

〔清〕陶澍注 《靖節先生集》 臺北 華正書局 1975年。

〔清〕潘德輿　《養一齋詩話》　收入《清詩話續編》　臺北　藝文
　　　　印書館　1985年。

〔清〕丁福保　《陶淵明詩箋注》　臺北　泰華堂出版社　1975年。

〔清〕吳　汶、吳英　《歷朝應制詩選》　收入四庫禁燬書叢刊編纂
　　　　委員會編《四庫禁毀書叢刊》　北京　北京出版社
　　　　2000年。

二　近人論著（依姓氏筆畫排序）

（一）專書

方祖燊　《陶潛詩箋註校證論評》　臺北　臺灣書店　1988年。

王運熙　《漢魏六朝唐代文學論叢》　上海　上海古籍出版社　1981年

王鍾陵　《中國中古詩歌史》　北京　人民出版社　2005年。

王力堅　《由山水到宮體──南朝的唯美詩風》　臺北　臺灣商務印
　　　　書館　1997年。

王文進　《南朝邊塞詩新論》　臺北　里仁書局　2000年。

王文進　《南朝山水與長城想像》　臺北　里仁書局　2008年。

王　易　《樂府通論》　臺北　廣文書局　1979年。

王冠輯　《賦話廣聚》　北京　北京圖書館出版社　2006年。

古　直　《陶靖節年譜》　收入〔宋〕王質等撰、許逸民校輯　《陶
　　　　淵明年譜》　北京　中華書局　1986年

石觀海　《宮體詩派研究》　武昌　武漢大學出版社　2003年。

田曉菲　《烽火與流星──蕭梁王朝的文學與文化》　新竹　清華大
　　　　學出版社　2009年。

朱曉海　《漢賦史略新證》　西安　陝西人民出版社　2004年。

宇文所安（Stephen Owen） 《中國早期古典詩歌的生成》 北京
　　三聯書店 2012年。

朱錦雄 《六朝「詩歌遊戲化」現象研究》 新北 花木蘭文化事業
　　有限公司 2017年。

吳承學 《中國古代文體形態研究（第三版）》 北京 北京大學出
　　版社 2013年。

余紹初輯校 《建安七子集》 北京 中華書局 2012年。

何文匯 《雜體詩釋例》 香港 中文大學出版社 1991年。

沈凡玉 《六朝同題詩歌研究》 臺北 國立臺灣大學出版中心
　　2015年。

祁立峰 《遊戲與遊戲之外：南朝文學題材新論》 臺北 政大出版
　　社 2015年。

林文月 《中古文學論叢》 臺北 大安出版社 1989年。

胡大雷 《中古文學集團》 桂林 廣西師範大學出版社 1999年。

胡大雷 《宮體詩研究》 北京 商務印書館 2004年。

洪順隆 《由隱逸到宮體》 臺北 文史哲出版社 1984年。

袁行霈 《陶淵明集校注》 北京 中華書局 2005年。

陸侃如、馮沅君 《中國詩史》 濟南 山東大學出版社 2000年。

孫明君 《兩晉士族文學研究》 北京 中華書局 2010年。

梅家玲 《漢魏六朝文學新論》 北京 北京大學出版社 2004年。

曹道衡 《中古文學史論文集續編》 臺北 文津出版社 1994年。

徐復觀 《中國文學論集》 臺北 臺灣學生書局 2001年。

郭英德 《中國古代文人集團與文學風貌（修訂版）》 北京 中國
　　人民大學出版社 2012年。

陳恩維 《模擬與漢魏六朝文學嬗變》 北京 中國社會科學出版社
　　2010年。

陳鍾琇　《唐代和詩研究》　臺北　秀威資訊科技股份有限公司　2008年。

逯欽立　《先秦漢魏晉南北朝詩》　北京　北京中華書局　1998年。

逯欽立　《陶淵明集》　臺北　里仁書局　1981年

黃　侃　《文心雕龍札記》　臺北　文史哲出版社　1973年。

程建虎　《中古應制詩的雙重觀照》　北京　人民出版社　2010年。

錢志熙　《漢魏樂府的音樂與詩》　鄭州　大象出版社　2009年。

蕭滌非　《漢魏六朝樂府文學史》　臺北　長安出版社　1976年。

歸　青　《南朝宮體詩研究》　上海　上海古籍　2006年。

顏崑陽　《六朝文學觀念叢論》　臺北　正中書局　1993年。

顏崑陽　《李商隱詩箋釋方法論──中國古典詮釋學例說》　臺北　里仁書局　2005年。

羅根澤　《樂府文學史》　臺北　五南圖書出版有限公司　2014年。

顧紹柏　《謝靈運集校注》　河南　中州古籍出版社　1987年。

龔斌校箋　《陶淵明集校箋》　上海　上海古籍出版社　1999年。

龔　斌　《陶淵明傳論》　上海　華東師範大學出版社　2001年

龔鵬程　《文學散步》　臺北　漢光文化事業股份有限公司　1997年。

龔鵬程　《文學批評的視野》　臺北　大安出版社　1998年。

龔鵬程　《中國文學史》　臺北　里仁書局　2009年。

〔日〕青木正兒著、鄭樑生、張仁青譯　《中國文學思想史》　臺北　臺灣開明書店　1977年。

（二）期刊論文

王小盾　〈《文心雕龍・樂府》三論〉　《文學遺產》　2010年第3期。

宋威山　〈謝靈運《擬魏太子鄴中集》詩旨再探〉　《四川師範大學學報（社會科學版）》第42期第2卷　2015年3月。

何詩海　〈東晉應制詩之蕭條及其文學史意蘊〉　《文學遺產》2011
　　　　年第2期。

祁立峰　〈相似與差異：論蕭子良文學集團同題共作的「書寫習性」
　　　　與「互文性」〉　《興大中文學報》第26期　2009年。

祁立峰　〈經驗匱乏者的遊戲——再探南朝邊塞詩的成因〉　《漢學
　　　　研究》第29卷第1期　2011年。

涂光社　〈漢魏六朝的文學模擬——從六朝文學的「擬」「代」談起〉
　　　　《遼寧大學學報（哲學社會科學版）》34卷第1期　2006年1
　　　　月。

馬予靜　〈論魏晉南北朝的同題共作賦〉　《河南大學學報（社會科
　　　　學版）》第43卷第5期　2003年。

孫占宇　〈戰國秦漢時期建除術討論〉　《西安財經學院學報》　第
　　　　23卷第5期　2010年9月

許銘全　〈謝靈運〈擬鄴中集八首並序〉中的文學批評義涵——兼論
　　　　擬作中的抒情自我問題〉　《清華中文學報》第12期　2014
　　　　年12月。

陳四海　〈樂府：始於戰國〉　《音樂研究》　2010年1月第1期。

崔瑞萍　〈潘岳應制詩中有標格〉　《洛陽大學學報》第22卷第3期
　　　　2007年9月。

勞翠勤　〈建除體初探〉　《新國學》第七卷　2008年

葛曉音　〈江淹「雜擬詩」的辨體觀念和詩史意義——兼論兩晉南朝
　　　　五言詩中的「擬古」和「古意」〉　《晉陽學刊》　2010年
　　　　第4期。

楊　英　〈曹操「魏公」之封與漢魏禪代「故事」——兼論漢魏封爵
　　　　制度之變〉　《蘇州大學學報（哲學社會科學版）》　2014
　　　　年第5期。

劉　剛　〈宋玉大小言賦寓意探微〉　《鞍山師範學院學報》　2005
　　　　第3期第7卷　2005年06月。

閻采平　〈梁陳邊塞樂府論〉　《文學遺產》1988年第6期。

錢志熙　〈齊梁擬樂府詩賦題法初探──兼論樂府詩寫作方法之流
　　　　變〉　《北京大學學報（社會科學版）》　1995年第4期。

錢志熙　〈樂府古辭的經典價值──魏晉至唐代文人樂府詩的發展〉
　　　　《文學評論》　1998年第2期。

韓德林　〈論中國古代文學的遊戲娛樂功能〉　《文學遺產》　1992
　　　　年第6期。

韓國良　〈「漢武乃立樂府」考〉　《河南師範大學學報（哲學社會
　　　　科學版）》　2003年第6期

顏崑陽　〈用詩：是一種社會文化行為方式──建構「中國詩用學」
　　　　芻論〉　《淡江中文學報》第18期　2008年6月。

（三）專書論文

王夢鷗　〈貴遊文學與六朝文體的演變〉　收入《古典文學論探索》
　　　　臺北　正中書局　1987年。

王夢鷗　〈漢魏六朝文體變遷之一考察〉　收入《傳統文學論衡》
　　　　臺北　時報文化出版企業有限公司　1987年。

王運熙　〈漢武始立樂府說〉　收入《樂府詩述論》　上海　上海古
　　　　籍出版社　1996年

李豐楙　〈嚴肅與遊戲：六朝詩人的兩種精神面向〉　收入衣若芬、
　　　　劉苑如主編《世變與創化──漢唐、唐宋轉換期之文藝現
　　　　象》　臺北　中央研究院中國文哲研究所籌備處　2000年。

劉漢初　〈梁朝邊塞詩小論〉　收入《魏晉南北朝文學論集》　臺北
　　　　文史哲出版社　1994年。

顏崑陽　〈中國古典文學批評論述10則〉　收入顏崑陽　《六朝文學觀念叢論》　臺北　正中書局　1993年。

簡宗梧　〈六朝世變與貴遊賦的衍變〉　收入李豐楙主編　《文學、文化與世變》　臺北　中央研究院中國文哲研究所　2002年。

簡宗梧　〈漢賦文學思想源流〉　收入《漢賦源流與價值之商榷》　臺北　文史哲出版社　1980年。

（四）學位論文

呂光華　《南朝貴遊文學集團研究》　臺北　國立政治大學中文系博士論文　1990年5月

劉漢初　《蕭統兄弟的文學集團》　臺北　國立臺灣大學中文系碩士論文　1975年6月。

劉漢初　《六朝詩發展述論》　臺北　國立臺灣大學中文系博士論文　1983年5月。

索引

三劃

三國志　81 86 87 88 89 99 100
143 144 175

四劃

公讌（公宴）　72 74 77 78 79
80 81 82 87 129 130

公宴詩　77 78 79 80 81 82 87
129 130

六朝　1 2 3 4 5 6 7 8 9 11 12 13
14 15 16 18 19 25 31 44 45 46
47 49 50 51 56 61 67 68 70 71
73 74 77 80 86 87 99 104 110
116 127 128 129 132 133 134
135 136 139 143 146 159 162

169 171 177 178 179 180 181
182 183

文化行為　10 75 76 182

文化資本　76 96 132 171

文學集團　6 7 36 50 59 74 77 82
85 104 110 111 112 113 114 115
116 124 131 132 146 153 156
157 159 168 171 172 173 174
179 181 183

文選　11 20 32 41 54 59 72 78 80
89 90 102 105 106 107 133 149
175

文心雕龍　12 13 14 17 29 38 46
91 115 133 140 141 142 146
156 175 180

文體　3 4 5 11 12 13 14 16 17 21
　　22 23 24 25 26 29 30 36 38 39
　　40 42 43 44 46 58 67 68 72 76
　　77 87 97 108 115 116 134 139
　　169 170 179 182
文體批評　4 16 43 68
文體論　4 12 13 17 44 68 115
　　170
王瑤　11 16 17 18 27

五劃

世說新語　29 30 83 84 99 175
以詩為戲　112 115 132 158
代人立言　44 45 69 170
代言　3 4 9 10 14 15 31 36 37 38
　　44 45 46 47 48 49 50 51 52 54
　　56 57 58 59 60 61 62 63 64 65
　　66 67 68 69 70 169 170 171
代言詩　3 4 9 10 44 45 46 47 49
　　50 51 52 54 56 57 59 60 61 63
　　64 65 66 67 68 69 70 169 170
　　171
代言體　49 51 52 60 63 64 67 69
　　70 170
古詩　16 22 23 24 28 29 30 42 57
　　62 63 120 178

玉臺新詠　48 49 78 176

六劃

先秦漢魏晉南北朝詩　19 21 39
　　50 54 59 61 62 73 75 77 81 91
　　101 108 111 112 148 151 165
　　180
宇文所安　16 18 22 178
托古作偽　11
同題共作　47 49 50 51 54 56 65
　　128 132 146 148 150 151 152
　　153 159 181

七劃

抒情言志　1 2 3 7 10 68 75 76
　　104 113 136 170 171
社會文化行為　10 75 76 182
作者本意　9 12 49 51 52 69 172
抒情傳統　9 10
技藝　1 2 3 4 5 6 7 8 10 44 45 46
　　47 49 51 56 60 61 62 63 66 67
　　69 70 133 136 138 139 145 146
　　147 152 156 157 159 164 167
　　168 170 171 173 174
技藝性　2 3 4 6 7 44 45 46 47 49
　　67 69 133 136 145 146 147 152

156 157 159 164 167 168 170
171 173 174

八劃

奉和　65 113 114 124 128 132
151 152 166 173

知人論世　9 37

林文月　22 24 42 179

侍宴　24 31 41 78 105 120 123
124 126

陌上桑　153 154 155 156

九劃

南朝　5 6 7 20 23 29 30 32 39 41
42 46 47 48 61 72 74 75 83 84
90 91 92 94 99 102 103 104 105
106 107 108 109 110 111 116
117 118 119 120 124 128 131
132 133 135 136 143 144 145
146 149 152 153 156 158 159
162 164 166 168 169 171 172
173 174 175 176 178 179 180
181 183

昭明文選　11 54

秋胡　64 65 66 153 155

風格　12 13 14 15 16 17 18 21 24

25 30 34 44 45 52 67 68 69 72
73 74 75 79 80 90 91 95 96 97
103 129 130 169 170 172

風貌　14 16 32 36 104 179

客觀規範　3 4 11 13 17 21 24 25
26 29 30 31 36 38 67 68 169

客觀規範性　3 4 11 13 17 25 26
29 30 36 38 67 68 169

音樂性　7 138 140 141 143 145
167 174

十劃

陶淵明　16 26 27 28 29 30 41 42
178 179 180

陸雲　52 53 54 55 56 57 58 59 91

陸機　12 14 15 22 23 24 41 42 52
53 54 55 56 57 58 59 60 61 80
91 141 145

郭茂倩　138 148 149 150 151
152 154 157 165 176

十一劃

曹植　15 17 39 47 48 49 50 51 73
74 78 81 141 145

曹丕　12 18 31 32 33 34 39 47 48
49 50 51 79 81 86 87 130 143

曹操　48 80 81 82 86 94 129 181

情志　1 4 8 9 10 12 16 17 21 25
　　26 30 34 37 38 39 42 43 45 46
　　47 49 51 52 56 59 60 61 63 65
　　66 68 69 70 71 97 113 114 136
　　145 169 170 171 172 173

情志寄託　1 4 9 10 12 16 17 20
　　21 25 26 30 34 37 38 39 42 43
　　45 47 49 51 56 58 59 65 68 69
　　70 169 170 171

寄託　1 4 9 10 12 16 17 20 21 25
　　26 27 28 29 30 33 34 35 36 37
　　38 39 42 43 45 47 49 51 52 56
　　58 59 60 63 65 66 67 68 69 70
　　169 170 171

梅家玲　14 31 36 37 38 44 99
　　179

十二劃

程建虎　74 75 96 127 180

逯欽立　19 21 27 39 50 54 59 60
　　61 74 75 77 81 91 101 108 111
　　112 148 151 165 180

遊戲　1 2 3 4 5 6 7 8 19 24 37 44
　　45 46 47 49 51 56 58 65 67 69
　　70 76 77 104 113 114 115 116

128 132 133 136 139 146 152
　　153 156 157 158 159 162 164
　　167 168 170 171 172 173 174
　　179 181 182

遊戲性　2 3 4 6 7 24 44 45 46 47
　　49 67 69 116 132 133 136 146
　　152 153 156 159 164 168 170
　　171 173 174

集體性　47 152

貴遊文學　104 110 138 139 182
　　183

十三劃

詩言志　71

詩式社會文化行為　76

詩用社會文化　76 132 171

十五劃

鄴下文學集團　36 50 74 77 82
　　85 146

鄴下文人　33 79 80 81 87 130

樂府詩　6 7 81 82 108 132 133
　　134 135 136 137 138 139 140
　　141 142 143 144 145 146 148
　　149 150 151 152 153 154 155
　　156 157 158 159 160 161 162

164 165 167 168 169 173 174 176 182

模仿　14 16 17 18 24 31 40 68 114

模擬　11 15 16 17 18 19 20 21 22 23 25 28 29 31 32 33 34 38 39 40 41 42 43 44 45 144 179 181

緣情　12 14

賦體　14 18 50 51 76

樂府　6 7 17 81 82 107 108 113 114 132 133 134 135 136 137 138 139 140 141 142 143 144 145 146 148 149 150 151 152 153 154 155 156 157 158 159 160 161 162 164 165 167 168 169 173 174 176 178 180 181 182

樂府詩集　138 148 149 150 151 152 154 157 165 176

樂府古題　7 113 114 146 150 157 158 159 168 173 176

劉勰　12 29 46 91 140 141 146 175

十六劃

蕭統　20 32 41 72 80 90 102 104
105 106 107 110 114 115 132 133 149 161 173 175 183

蕭子良　108 110 111 112 113 132 153 173 181

蕭繹　66 108 111 122 150 151 157

蕭綱　110 111 123 124 164

諷喻言志　6 97 99

蕭衍　65 66 106 108 109 110 111 113 121 122 123 124 125 126 127 129

十七劃

應制詩　5 6 71 72 73 74 75 76 77 78 79 80 81 82 83 84 85 87 88 89 90 91 92 93 94 95 96 97 98 99 101 102 103 104 105 111 112 113 114 116 117 118 119 120 121 122 123 124 125 126 127 128 129 130 131 132 169 171 172 173 178 180 181

應詔詩　73 74 80 81 88 91 118 120 130 172

應令詩　78 91 115 130 172

應教詩　81 91 130 172

應制　5 6 71 72 73 74 75 76 77

78 79 80 81 82 83 84 85 86 87 88 89 90 91 92 93 94 95 96 97 98 99 100 101 102 103 104 105 106 107 108 109 111 112 113 114 115 116 117 118 119 120 121 122 123 124 125 126 127 128 129 130 131 132 169 171 172 173 178 180 181

應詔　73 74 77 78 80 81 88 91 92 93 99 105 118 119 120 127 129 130 171

應令　78 80 91 115 129 130 171 172

應教　78 80 91 115 129 130 171 172

應制文學　82 85 87 106 109

擬古　11 15 16 17 18 22 23 24 26 27 28 29 30 39 42 44 73 136 181

擬作　3 4 9 10 11 12 13 14 15 16 17 18 21 22 23 24 25 26 30 31 34 36 37 38 39 40 41 42 44 63 67 68 69 133 134 142 169 170 181

擬作詩　3 4 9 10 11 12 13 14 16 17 23 24 25 26 30 34 36 37 38 39 42 44 67 68 169 170

十八劃

顏崑陽　9 10 12 13 14 25 38 73 75 76 115 180 182

二十劃

競賽　49 51 56 65 157

二十一劃

顧彥先　52 53 54 55 56 57 58 59

二十二劃

龔鵬程　9 10 11 13 15 25 44 67 143 144 180

二十三劃

體貌　14 16 21 24 25 31 37 40 41 43 44 68 73 146

體式　14 74

體格　14 16 36

體製　14 19 21 72 73 115 116

漢學研究叢書·文史新視界叢刊 0402010

在情志之外——六朝詩的多元面向

作　　者　朱錦雄

責任編輯　林以邠

特約校稿　龔家祺

發 行 人　林慶彰

總 經 理　梁錦興

總 編 輯　張晏瑞

編 輯 所　萬卷樓圖書股份有限公司

　　　　　臺北市羅斯福路二段 41 號 6 樓之 3

　　　　　電話 (02)23216565

　　　　　傳真 (02)23218698

發　　行　萬卷樓圖書股份有限公司

　　　　　臺北市羅斯福路二段 41 號 6 樓之 3

　　　　　電話 (02)23216565

　　　　　傳真 (02)23218698

　　　　　電郵 SERVICE@WANJUAN.COM.TW

香港經銷　香港聯合書刊物流有限公司

　　　　　電話 (852)21502100

　　　　　傳真 (852)23560735

ISBN 978-986-478-333-5

2020 年 7 月初版三刷

2020 年 3 月初版二刷

2020 年 2 月初版一刷

定價：新臺幣 300 元

如何購買本書：

1. 劃撥購書，請透過以下郵政劃撥帳號：

　　帳號：15624015

　　戶名：萬卷樓圖書股份有限公司

2. 轉帳購書，請透過以下帳戶

　　合作金庫銀行 古亭分行

　　戶名：萬卷樓圖書股份有限公司

　　帳號：0877717092596

3. 網路購書，請透過萬卷樓網站

　　網址 WWW.WANJUAN.COM.TW

大量購書，請直接聯繫我們，將有專人為

您服務。客服：(02)23216565 分機 610

國家圖書館出版品預行編目資料

在情志之外：六朝詩的多元面向 / 朱錦雄著.

-- 初版.-- 臺北市：萬卷樓, 2020.02

　　面；　　公分.-- (漢學研究叢書；402010)

ISBN 978-986-478-333-5(平裝)

1.中國詩 2.詩評 3.六朝文學

820.9103　　　　　　　　　　　　108022229